Une vie en plus

Joël de Rosnay
Jean-Louis Servan-Schreiber
François de Closets
Dominique Simonnet

Une vie en plus

La longévité, pour quoi faire ?

Éditions du Seuil

ISBN 978-2-7578-0291-5
(ISBN 2-02-084315-3, 1re publication)

« La vieillesse est si longue
qu'il ne faut pas commencer trop tôt. »

MARK TWAIN

Sommaire

ANNEXES

Prologue

C'est un fabuleux cadeau que nous venons de recevoir : une vie en plus ! Quinze à vingt années de bonus, bientôt davantage, offertes aux populations des pays aisés de cette planète. Mieux : nous pouvons consommer ce supplément d'existence en bonne santé, et même en pleine forme.

Autant le dire avec solennité : c'est bien d'une révolution dont nous allons parler ici, une vraie, l'une de celles qui bouleversent durablement notre corps, nos comportements, notre manière de penser, mais aussi les équilibres de notre société, le futur de nos enfants et de leurs descendants. Un changement majeur dans notre histoire qui nous concerne tous, directement, quel que soit notre âge.

La révolution de la longévité a débuté sans que nous en ayons vraiment conscience, au fil de ces dernières décennies, par adjonctions successives, une petite année par-ci, une autre par-là... Les avancées fulgurantes de la science et de la médecine maîtrisant des maladies jusque-là rebelles, les modifications sensibles de nos modes de vie et de notre alimentation, l'attention accrue portée à notre environnement... Tous ces progrès, difficiles à percevoir dans leur ensemble, ont eu pour premier effet d'allonger substantiellement notre espérance de vie. Il y a un siècle, celle d'un Français atteignait à peine 49 ans. Nous voilà arrivés en France à 84 ans pour les femmes, 77 ans pour les hommes. Ce ne sont que des moyennes. Et ce n'est pas fini. Nous continuons d'encaisser une année supplémentaire tous les quatre ans ! Faites les comptes, et vous regarderez d'un autre œil les bébés qui naissent aujourd'hui : un sur deux deviendra centenaire.

Ce n'est pas seulement notre vie qui se prolonge. C'est notre vitalité. Jusqu'à présent, notre existence était découpée en trois tranches : l'enfance (le temps du développement), l'âge adulte (le temps de l'activité), la vieillesse (le temps du déclin). Il y a peu, on a ajouté l'adolescence, première période intermédiaire comme on dit de la chronologie égyptienne. Voici que l'on vient de découvrir une autre période de transition, un nouvel âge entre maturité et sénescence, de 60 à 75 ans : une seconde adolescence, peut-être aussi agitée que la précédente.

Ce nouvel âge a ses pionniers, les sexagénaires et les septuagénaires, dont certains, de leur voyage, nous rapportent d'étranges récits : « Surprise ! nous disent-ils. Nous ne sommes pas vieux ! Nous ne nous sentons même pas âgés ! » Ils jouent de leur vigueur et se lovent dans leur insouciance retrouvée. Ainsi voit-on désormais des légions de touristes grisonnants sillonner la planète et jouir de leur retraite prolongée. Oisifs et rentiers. C'est l'âge d'or des seniors.

Bonne nouvelle pour l'individu, catastrophe pour la société. Car ces joyeux papys et mamys sont en train de pulvériser les fragiles équilibres sociaux et économiques établis entre générations et de provoquer une crise sans précédent. La longévité, ce beau cadeau, est une bombe à retardement. Elle est sur le point d'exploser.

C'est cette révolution paradoxale, engagée sur trois fronts, que nous racontons ici.

Premier front : le corps, avec Joël de Rosnay. Longtemps, nous avons considéré le vieillissement comme une fatalité, comme un processus inéluctable dont la compréhension nous échappait. Depuis quelques années, la science identifie les mécanismes qui président au déclin de notre corps. Le drame du vieillissement, découvre-t-on, se joue au fond de nos organes, dans l'intimité de nos cellules, dans l'expression de nos gènes, comme un bruit de fond croissant et parasitaire. Le corps, lui aussi, rouille à sa manière. Forts de ces nouvelles connaissances, les chercheurs apprennent maintenant à ralentir l'arrivée de la mort.

Pourquoi vieillit-on ? Que se passe-t-il vraiment dans notre organisme ? Comment retarder la sénescence ? Quelles sont les recettes de la longévité ? Joël de Rosnay, biochimiste, écrivain scientifique et conseiller de la Cité des sciences à Paris, a toujours une technologie et une idée d'avance. Il trace ici un panorama complet de nos connaissances et livre, à l'intention de tous – et pas seulement des plus âgés –, un véritable guide moderne pour maintenir son corps en bonne santé. Heureuse surprise : on verra que les révélations les plus pointues de la science rejoignent les conseils de bon sens sur notre alimentation et nos modes de vie, et parfois même certaines recettes ancestrales.

La plus grande découverte, explique-t-il, c'est à nous qu'elle revient : la longévité est entre nos mains. Nous avons désormais le pouvoir d'agir sur notre propre corps pour lui donner toutes les chances de longue vie. Ce n'est qu'un début : déjà s'annonce une révolution médicale et technologique qui dépassera nos espérances, et nous promet un corps réparé, modifié, peut-être transformé. Demain, nous serons tous centenaires ! Pour le meilleur ou pour le pire ?

Deuxième front : l'esprit, avec Jean-Louis Servan-Schreiber. Le corps ne fait rien à l'affaire si l'esprit n'est pas de la partie.

Rester jeune, c'est aussi un choix. Puisque ce morceau de vie en plus est un supplément, non pas de vieillesse, mais de vitalité, nous pouvons le consommer en disposant de nos pleines capacités d'adulte. Le nouvel âge est une Amérique à découvrir, un continent inconnu de notre existence, caché derrière l'horizon des 60 ans. Pour s'y aventurer, il faut se préparer longtemps à l'avance, se munir du bon équipement et des bons outils, s'entraîner, inaugurer des comportements inédits.

Comment vivre cette seconde adolescence ? Comment faire face au regard des autres ? Quel sens donner à ces années bonus ? Quelles sont les clefs d'une belle longévité ? Comment vivre longtemps sans peser sur ses proches ? Jusqu'à quel moment faut-il lutter ? Jean-Louis Servan-Schreiber, patron de presse et écrivain, est un sage de notre temps, un homme rare qui sait concilier les plaisirs de l'instant et la sérénité de l'expérience. Il détaille ici son kit de vie heureuse qui comporte tous les éléments nécessaires pour bien naviguer vers cette nouvelle terre.

La longévité pour lui, c'est un art de vivre, un style, une philosophie. Il ne s'agit rien moins que d'entrer en résistance contre les fausses valeurs d'une société endormie qui gémit au lieu d'agir, et fait de ses jeunes des conservateurs aigris. Rien moins que de rester curieux, mobiles, intéressés, dynamiques. Vivants en somme, à tous les âges.

Troisième front : la société, avec François de Closets. Revers de la médaille : si certains vont profiter de la longévité, la collectivité, elle, risque d'en baver. Dans nombre de pays occidentaux dont la France, les années en plus viennent prolonger cette période prétendument bénie et sacrée où l'on ne travaille plus, où l'on est mis à la retraite, pour ne pas dire en retrait. Retraité donc, mais aussi rentier, c'est-à-dire dispensé d'activité tout en étant pourtant en pleine capacité de produire. Erreur majeure : car ce sont nos descendants, absents des tables de négociations, qui vont devoir payer.

Comment faire avec ces légions de « seniors » pleins de vitalité qui ont acquis le droit à l'oisiveté sur le dos de leurs enfants ? Quelles conséquences pour les générations futures ? Comment désamorcer la bombe Longévité ? François de Closets, homme de télévision et essayiste, est l'une des vigies de la société française, toujours l'un des premiers à voir poindre les écueils et à donner l'alerte. Cette fois, c'est un immense récif qu'il voit à l'horizon et vers lequel nous filons. Faudra-t-il attendre de le prendre de plein fouet pour que nous réagissions ?

Car la France, explique-t-il, est la plus mal placée. Elle n'a eu de cesse d'avancer l'âge du départ en retraite, de réduire la durée de vie active, de dévaloriser le travail. La longévité ne fera que précipiter la tempête. Il faudrait donc d'urgence virer de bord, éviter les idées reçues, et se méfier des droits acquis. Là encore, c'est à un sursaut salutaire que l'on appelle ici, un retour au réalisme. Mais il est vrai qu'aujourd'hui le bon sens est révolutionnaire.

Ce livre est aussi une belle histoire. Il y a quelques années, j'avais eu le plaisir de raconter avec Hubert Reeves, Joël de Rosnay et Yves Coppens, « la plus belle histoire du monde »[1] : pour la première fois, trois grands spécialistes – de l'univers, de la vie, de l'homme – se passaient le relais pour raconter dans sa continuité la même épopée – celle de la complexité – et donner, du Big Bang à aujourd'hui, une vision synthétique de nos origines.

1. Yves Coppens, Hubert Reeves, Joël de Rosnay, Dominique Simonnet, *La Plus Belle Histoire du monde. Les secrets de nos origines*, Éditions du Seuil, 1996, et « Points », 2001.

Lorsque cette fois Joël de Rosnay m'a alerté, avec son enthousiasme électrique, sur la longévité, j'ai été stupéfait. À l'entendre, quelque chose de majeur était, à l'évidence, en train de se préparer. Je n'ai pas hésité. Avec Jean-Louis Servan-Schreiber et François de Closets, nous sommes partis dans l'aventure, en nous fixant quelques impératifs : parler avec sincérité, ne pas éviter les questions qui fâchent, nous adresser en termes accessibles à tous… Trois hommes au seuil de ce nouvel âge, qui en sont à la fois les pionniers et les experts, et un interlocuteur curieux qui fait profession de fausse naïveté. Est-ce utile de préciser que nous avons entrepris tous les quatre ce voyage dans une bonne humeur et une confiance jamais démenties ?

On le verra, nos trois analystes sont unanimes : oui, il est possible de concilier les aspirations individuelles et les contraintes de la collectivité. Oui, nous pouvons faire en sorte qu'au lieu de creuser de nouvelles inégalités, la longévité profite à tous, et participe au vrai progrès, celui du bonheur de l'homme. Encore faut-il le vouloir. C'est donc bien à une révolution fondamentale des esprits que nous appelons ici.

La longévité, pour quoi faire ? Pourquoi ce temps supplémentaire gagné entre deux néants ? À quoi bon repousser l'échéance ? Peut-être pour faire un ultime pied de nez à la nature ennemie que nous portons en nous, avant de lui céder, toutes armes rendues. Peut-être pour gagner en sagesse, pour nous civiliser davantage (la route est encore longue). Ce cadeau-là en tout cas, il nous faudra lui donner un sens, et apprendre à le partager. C'est aussi un nouveau et beau défi lancé à la démocratie. Longue et bonne vie à chacun, et à tous.

Dominique Simonnet

PREMIÈRE PARTIE

Le corps

CHAPITRE 1

Pourquoi vieillit-on ?

C'est au fond de nos organes, dans l'intimité de nos cellules, dans l'expression de nos gènes que se joue le drame du vieillissement, comme un bruit de fond croissant qui parasite le fonctionnement de notre organisme, et le conduit lentement vers le déclin.

Révolution annoncée !

– ***Dominique Simonnet :*** *Il semble que nous assistions, depuis quelques années, à ce qu'il faut bien appeler une révolution scientifique : les chercheurs sont en train de comprendre le phénomène du vieillissement, et ils commencent même à se donner les moyens de réagir. Serions-nous sur le point de maîtriser notre destin ?*

– **Joël de Rosnay :** Disons-le d'emblée : le processus de vieillissement reste inéluctable. Aucun chercheur aujourd'hui n'envisage sérieusement que l'on puisse un jour accéder à l'immortalité. Sur notre planète, la mort est nécessaire à la vie. Les atomes, les molécules, tout est recyclé. Si les vieux organismes ne mouraient pas, les nouveaux ne pourraient se développer. C'est ainsi. Le vieillissement touche toutes les espèces, et l'on voit mal comment l'arrêter totalement. En revanche, nous commençons à mieux comprendre ce phénomène et à intervenir pour le ralentir. Dans ce domaine, nous sommes au seuil d'une immense révolution non seulement scientifique mais aussi sociale et économique.

– D'où vient-elle, cette révolution ?

– De tous côtés ! De l'embryologie, de l'immunologie, de la génétique, de la neurobiologie, de la psychologie… Jusque-là, on étudiait les fonctions du corps séparément : les neurobiologistes s'occupaient du système nerveux ; les immunologistes, du système immunitaire (celui qui nous protège contre les maladies, les bactéries et les virus) ; les endocrinologues, du système hormonal (qui dirige notre croissance, les rythmes de veille et de sommeil, nos humeurs, notre sexualité). Ces disciplines, qui se parlaient peu, se sont mises à dialoguer les unes avec les autres. On n'hésite plus désormais à établir des ponts entre l'état physique et l'état psychique, entre le corps et l'esprit ; on s'intéresse également à l'influence de nos modes de vie et de notre environnement sur le vieillissement. Les récents investissements réalisés dans la recherche contre le cancer et le sida nous ont eux aussi fait progresser : on s'est aperçu que la destruction du système immunitaire par le virus du sida conduit à une sénescence précoce, et on sait maintenant que le cancer est, lui aussi, une maladie liée au vieillissement… De son côté, la technologie a inventé un nouvel arsenal thérapeutique – puces implantables dans le corps, anticorps monoclonaux, sondes d'hybridation moléculaires. Bref, tout cela permet de relier entre elles des informations éparses et d'esquisser une approche globale liée au vieillissement : les chercheurs ne se préoccupent plus seulement des symptômes, ils s'intéressent maintenant aux causes de ce phénomène.

– Un vrai festival, en effet… Jusque-là, on considérait le vieillissement de manière grossière, au niveau des organes. Si je vous suis, on le traque maintenant à tous les niveaux, jusque dans l'intimité de nos cellules.

– Autrefois, on ne pouvait observer que la dégradation du corps et de ses fonctions. Déjà, Pasteur avait compris que, pour bien appréhender le vivant, il fallait le regarder dans ses structures les plus petites. Mais il était limité par la faible capacité de son microscope. Depuis, les techniques ont fait des progrès considérables, et l'on peut maintenant étudier le corps, et donc le phénomène du vieillissement, à tous les niveaux. D'abord, les organes et les tissus, qui sont constitués par des milliards de cellules. Puis, les cellules elles-mêmes, et les relations qu'elles nouent entre elles. Ensuite, les grosses molécules à l'intérieur de ces cellules, c'est-à-dire les protéines, les enzymes, et bien sûr l'ADN avec ses gènes. Enfin, les petites molécules, les peptides, les hormones qui jouent le rôle de régulateurs ou de « messagers » dans les fonctions du corps.

Le carburateur encrassé

– Effectuons donc un zoom dans un corps vieillissant en partant du plan le plus large : celui des organes. Là, on assiste à des phénomènes somme toute assez simples : avec l'usage, ça s'encrasse, ça grippe, ça bloque, comme une voiture qui a déjà bien servi, c'est cela ?

– En quelque sorte. Le corps absorbe et traite une grande quantité de substances, avalées ou inhalées. Il en transforme certaines, en rejette d'autres. À mesure que le temps passe, on comprend que certains organes fonctionnent de moins en moins bien. Même s'ils ont des petits cils qui éliminent la poussière, même s'ils ne sont pas englués par les goudrons du tabac, les bronchioles finissent par s'obstruer. À partir de 40 ans, les reins s'encrassent eux aussi, comme le filtre du carburateur d'une automobile, et laissent passer de plus en plus de polluants. La structure intime des os est fragilisée, provoquant ce qu'on appelle généralement l'ostéoporose. Avec l'âge, les muscles perdent de leur capacité contractile par suite de la modification de leurs protéines... On connaît des remèdes simples à ces dégradations, comme, par exemple faire de l'exercice pour maintenir sa masse musculaire, par suite de l'augmentation de la production d'hormones de croissance. On pourra bientôt dépolluer la machine, et faire des échanges standard d'organes, nous en reparlerons. Disons simplement que l'exercice et l'alimentation sont essentiels pour réduire le vieillissement naturel des organes.

– *On sait que le cerveau se détériore lui aussi.*

– C'est un cas particulier. Avec l'âge, il perd certaines connexions, certaines aptitudes (ceux qui n'exercent pas leur mémoire régulièrement la voient s'affaiblir). Mais si le nombre de neurones diminue, ceux-ci continuent quand même à créer des nouvelles connexions, même à 80 ans ! À condition, une fois encore, de s'en servir (nous possédons 100 milliards de neurones connectés chacun à 1 000 autres neurones, ce qui donne 100 000 milliards de connexions ou synapses). On sait maintenant que les neurones sont entourés par des cellules gliales qui leur donnent de la nourriture et éliminent les polluants. C'est un peu comme s'il existait en nous deux systèmes de communication : celui des neurones, semblable à un réseau téléphonique à fil ; celui des cellules gliales, comparable au réseau sans fil de nos portables. Vous sentez soudain l'effluve d'un parfum : immédiatement, les récepteurs de votre nez envoient un signal « sans fil » *via* les cellules gliales dans l'ensemble du cerveau, ce qui réveille certains neurones qui lancent à leur tour des signaux entre eux. Et vous reconnaissez que ce parfum est associé à une femme qu'un jour vous avez rencontrée...

– Voilà qui est romantique. Quelle conclusion faut-il en tirer ?

– Plus on se pose de questions, plus on est curieux, plus on a plaisir à vivre, et plus les neurones s'activent, plus les connexions continuent à s'établir, plus le cerveau tient la forme. Donc, rester actif, intellectuellement et physiquement, combat le vieillissement. On sait maintenant que le cerveau se réorganise en permanence quand, par exemple, on lit un livre, on joue du piano, on fait du bricolage, on conduit une voiture, on se sert d'un ordinateur et d'Internet. On crée ainsi de nouvelles fonctions, des réponses adaptées : nous devenons « plus intelligents ». Notons au passage que les huiles de poisson, comme les Oméga 3, jouent un rôle important dans la bonne santé des cellules gliales et dans les communications synaptiques, et contribuent donc à augmenter l'apprentissage, la mémoire ou à réduire les risques de dépression mentale... S'esquisse une fois encore le rôle décisif de l'alimentation.

La mèche de la bougie

– Donnons un coup de zoom. Nous voilà maintenant au niveau des cellules.

– Les découvertes dans ce domaine ont été prodigieuses. L'exploration des cellules a commencé dans les années 1950 avec le développement de la biologie moléculaire qui doit beaucoup aux Français Jacques Monod, André Lwoff et François Jacob (prix Nobel en 1965). Dans leur sillage, les biologistes ont étudié des organismes très simples, comme la bactérie *Escherichia Coli*, un petit colibacille de notre intestin composé d'une seule cellule, qui est devenue l'animal de laboratoire des chercheurs du monde entier. Puis, ils se sont intéressés à des organismes plus complexes, comme la mouche drosophile et un petit ver au joli nom, *Caenorhabditis Elegans :* on a pu décortiquer entièrement cet animal, cellule après cellule, gène après gène, et en établir le plan complet. Ce ver rond, appartenant au genre des nématodes, mesure 1 mm de long et 0,1 mm de diamètre, et il est totalement transparent. On en voit donc clairement les organes, les muscles, le système nerveux, l'appareil digestif et reproducteur. L'animal est composé d'environ 1 000 cellules, et il possède 6 chromosomes (avec 19 000 gènes). Les chercheurs connaissent maintenant le rôle de chacun d'eux et ils savent les modifier pour en étudier les effets sur le comportement et la durée de vie de l'animal.

– *Qu'est-ce que ces agréables animaux nous ont donc appris ?*

– Il a d'abord fallu mieux comprendre les mystères de la division cellulaire. Au début des années 1960, deux scientifiques américains[1] ont suivi l'évolution des cellules qui, depuis le tout premier stade embryonnaire, se divisent et se spécialisent en cellules de peau. Elles se reproduisent une fois, deux fois, trois fois… S'agencent en tissus, puis au bout de cinquante divisions en moyenne, elles ne se multiplient plus. Elles semblent programmées pour s'arrêter, comme des bougies qui s'éteignent une fois leur mèche consumée. La métaphore est pertinente : à la fin des années 1980, on a trouvé cette « mèche » biologique[2]. Ce sont des morceaux d'ADN (appelés « télomères »), situés en bout du filament du chromosome de la cellule. Chaque fois que la cellule se divise, un morceau de cette mèche est coupé par une enzyme. Quand il n'en reste plus, le processus s'arrête : la cellule ne se divise plus. Le tissu garde alors les mêmes cellules, il ne se régénère plus, il vieillit. On s'est dit : Formidable ! Nous tenons la clef du vieillissement ! Si on trouve maintenant un moyen d'empêcher les cellules d'arrêter leur division, on pourra peut-être intervenir sur ce phénomène et redonner un coup de jeune au tissu.

– J'imagine que ce n'était pas si simple.

– Hélas ! L'interrupteur biologique ne fonctionne pas à tous les coups. La théorie n'est pas valable pour toutes les cellules du corps. Certaines n'obéissent pas à cette règle, elles se reproduisent et ne meurent pas : c'est le cas des cellules de moelle osseuse, par exemple, qui fabriquent les globules rouges. On sait aussi depuis peu que certains de nos neurones continuent à se diviser et que le cerveau contient même des cellules embryonnaires. Quant aux cellules cancéreuses, elles se reproduisent, elles, comme des folles (en reconstituant, chaque fois, un petit bout de la fameuse mèche, grâce à une enzyme, la télomérase). Enfin, on est capable de cultiver en laboratoire des cellules qui se multiplient indéfiniment si on leur ajoute des facteurs de croissance et des vitamines.

– Donc, fausse piste ?

– Ce que l'on retient de tout cela, c'est l'idée qu'il existe un interrupteur biologique qui, au moment du développement de l'organisme, arrête la division des cellules. Mais le vieillissement, c'est bien plus compliqué. En tout cas, ce n'est pas seulement l'histoire de cellules qui ne se reproduisent plus.

Quand le corps rouille

– Il faut descendre encore d'un cran, au niveau des molécules cette fois.

– Là, on a fait une autre découverte concernant nos mitochondries, qui se trouvent en grand nombre à l'intérieur de chaque cellule.

– Vague souvenir de cours de biologie : ce sont des petites poches qui fabriquent l'énergie, n'est-ce pas ?

– Oui. Des micro-centrales en somme : elles brûlent les substances apportées par les aliments (acides aminés, lipides, et surtout du glucose) pour produire le carburant des cellules (l'ATP, adénosine triphosphate). C'est le combustible universel des êtres vivants que nous utilisons à tout instant pour bouger, nous déplacer, faire fonctionner notre cerveau, grand consommateur d'énergie. Pour faire leur travail, les mitochondries ont besoin d'oxygène (apporté par les globules rouges). Mais toute chaudière crée de la pollution : le glucose est dégradé en gaz carbonique (CO_2), en vapeur d'eau et en… dangereux radicaux libres.

– Pourquoi ces fameux radicaux libres sont-ils si dangereux pour nos cellules ?

– Il s'agit de molécules déséquilibrées qui possèdent un électron libre (non partagé dans une liaison chimique), ce qui les rend très réactives et même destructrices quand elles interagissent avec d'autres molécules. Cela produit des effets en cascade : les molécules saines « attaquées » deviennent à leur tour des radicaux libres et en attaquent d'autres... Cette réaction en chaîne perturbe la structure des membranes de nos cellules en les rendant moins souples et donc moins perméables[3]. Résultat : elles échangent moins avec leurs voisines, elles communiquent mal. Comme si elles étaient « rouillées », atteinte par la corrosion de l'oxygène[4].

– Des cellules rouillées qui se dérèglent !

– Tout à fait. Et plus la mécanique cellulaire tourne vite, plus elle pollue. Ainsi, plus on fait du sport de manière excessive, plus on s'énerve, plus on absorbe de polluants (cigarettes, mauvaise alimentation) et plus nos mitochondries, comme des moteurs dont le carburateur serait mal réglé, fabriquent des radicaux libres (c'est ce qu'on appelle désormais le « stress oxydatif »). Avec l'âge, elles se dégradent, perdent leur capacité à fabriquer suffisamment d'énergie. Résultats : dégénérescence cellulaire, fatigue, perte de mémoire, réduction de l'activité cérébrale.

La baleine et la souris

– En somme, si nos cellules travaillent trop vite et mal, il y a surchauffe, corrosion, rouille. Ce serait donc cette oxydation des cellules qui nous ferait vieillir ?

– Oui, en grande partie. Nos cellules communiquent par signaux chimiques (qui déclenchent la fabrication de protéines, d'enzymes bien précis). Si elles fonctionnent mal, si le signal est perturbé par des membranes encrassées, les protéines sont mal formées, une série de dysfonctionnements se produisent en cascade. Et cela concerne toutes les cellules de notre corps : celles de la peau, du foie, les neurones. Petit à petit, c'est l'organisme entier qui est concerné.

– Le corps se délabre…

– D'où l'intérêt de ralentir le métabolisme de nos cellules, en mangeant moins par exemple. C'est la restriction calorique. Nous en reparlerons. Généralement, plus un organisme est petit, plus son métabolisme est rapide, et plus il vieillit vite et meurt tôt. Une souris vit seulement une centaine de semaines, ne pèse que 20 à 30 grammes, mais son cœur bat très rapidement : à sa mort, il a accompli environ 1,5 milliard de battements. Celui d'une baleine, qui vit un bon siècle, et pèse de 30 à 100 tonnes, bat très lentement : à sa mort, il aura lui aussi accompli 1,5 milliard de battements. Des organismes de taille et de poids très différents ont pourtant des propriétés communes. Ce qui correspond à ce qu'on appelle des « lois d'échelle » qui passionnent les biologistes[5].

– *Troublant... Pour éviter ces phénomènes d'oxydation cellulaire, il n'existe pas d'antirouille ?*

– Si. Il n'y aurait d'ailleurs pas de vie sans antioxydants. Il y en a dans l'environnement immédiat de la mitochondrie. Certaines substances que nous absorbons jouent également ce rôle (la vitamine E, la vitamine C, le bétacarotène, le sélénium, le zinc) et débarrassent notre corps des radicaux libres qui l'oxydent... On peut aussi doper indirectement nos petites chaudières cellulaires avec des produits utilisés par certains sportifs, qui leur donnent un « coup de fouet ». Mais cela produit à nouveau des... radicaux libres. En combinant dopants et antioxydants, on fatigue et on fait vieillir nos cellules. Un peu comme si on conduisait une voiture en appuyant à la fois sur l'accélérateur et sur le frein.

Le sérum de jouvence

– *Bref, on n'en sort pas. Pas trop d'antirouille, pas trop de coups de fouet. Comment faire alors ?*

– Une équipe de chercheurs a peut-être trouvé le régulateur idéal de la mitochondrie : le mélange d'un acide aminé naturel (l'acétyl-L-carnitine ou Alcar) et d'un puissant antioxydant, également naturel (l'acide R-alpha-lipoïque). Vous administrez ce cocktail à des rats de 4 ans, âgés, au poil blanchissant, en proie à l'arthrose, qui ont perdu nombre de leurs capacités, notamment celle de s'orienter dans un labyrinthe ou d'avoir suffisamment d'énergie pour faire tourner une cage, et les voilà qui retrouvent la jeunesse, la vigueur, la mémoire de rats de 6 mois et la capacité à s'orienter !

– *Nous ne sommes pas des rats.*

– Cette découverte annoncée en 1998 par Bruce Ames[6] a créé un intérêt considérable dans de nombreux laboratoires. Des essais sont en cours chez l'homme... Pour promouvoir sa découverte, ce scientifique a créé une « start-up », Juvenon, qui commercialise la « Juvenon Formula » contenant les deux produits naturels. Mais pour montrer son désintéressement, il a fait don de toutes ses actions à une fondation finançant des recherches sur le vieillissement.

– *Voilà un chercheur philanthrope. Aurait-on découvert le sérum de jouvence ?*

– Pas si vite ! On a tout au moins fait la démonstration qu'un supplément alimentaire ralentit le vieillissement, du moins chez les rats. Aux États-Unis, en Angleterre, en Suisse, en Allemagne, on prescrit déjà l'Alcar ou la « Juvenon Formula » pour redonner de l'énergie aux gens fatigués ou âgés. Pas encore en France où l'on est plus prudent… Une chose, en tout cas, est sûre : il est possible de lutter contre certains aspects du vieillissement cellulaire.

– *C'est déjà une bonne nouvelle.*

– Certes. Mais on a aussi compris que d'autres facteurs interviennent dans la sénescence : les virus, les bactéries, mais aussi nos modes de vie, notre alimentation, suscitent une oxydation permanente de notre corps. Les polluants atmosphériques et alimentaires, les nitrates, les radiations, les rayons du soleil et le stress accentuent également le vieillissement. Plus encore : comme l'a montré Luc Montagnier (le découvreur du virus du sida), nos cellules, en combattant l'oxydation provoquée par les agents infectieux, déclenchent des phénomènes d'inflammation à l'origine de certaines maladies dites « du troisième âge ».

– En somme, ces maladies seraient provoquées par un surcroît de défense de l'organisme. Nous nous attaquerions nous-mêmes.

– La défense du corps va en effet trop loin. En luttant ainsi contre l'oxydation, le corps se crée des pathologies du vieillissement. On connaît les maladies dites dégénératives, comme les maladies cardiovasculaires : le « mauvais » cholestérol se dépose en plaques sur les artères, la tension augmente, ce qui crée des coups de boutoir dans la circulation du sang et peut faire éclater une artère, susciter une attaque cérébrale ou créer une hémiplégie. Ensuite, il y a des maladies des yeux : la dégénérescence maculaire et la cataracte sont liées à des oxydations de la rétine et du cristallin. La maladie d'Alzheimer est, elle aussi, le résultat de ce phénomène d'oxydation et d'inflammation : le dépôt d'une protéine colmate la communication des neurones, provoquant la mort de certains d'entre eux, ce qui altère la mémoire. Et puis, il y a l'arthrose : l'oxydation attaque les joints des cartilages, les os n'ont plus de surfaces articulaires qui glissent entre elles grâce aux cartilages : l'os a perdu son lubrifiant. C'est le rhumatisme…

– Tout cela parce que nous nous oxydons… Peut-on remédier à cette inflammation des cellules ?

– Luc Montagnier, qui a une vision globale de la longévité, propose de créer une fondation internationale spécialisée dans la prévention de ces maladies. On pourrait selon lui augmenter d'au moins vingt ans la durée de la vie active, bien au-delà de 60 ans, en pratiquant des tests biologiques personnalisés, et en administrant des antioxydants adaptés à chaque cas ainsi que des immunostimulants. On comprend aussi l'immense intérêt de « manager » notre corps pour lui éviter d'avoir à lutter sans cesse contre des agressions et à surchauffer ses cellules. S'esquisse, une fois encore, la nécessité d'une alimentation et d'un mode de vie qui en tiennent compte.

Les cellules folles

– Le cancer, on le sait, est aussi provoqué par un dérèglement des cellules. Entre-t-il aussi dans cette catégorie ?

– Le risque d'être atteint par un cancer augmente avec le vieillissement. Dans notre corps, il arrive fréquemment que des cellules deviennent folles : elles « oublient » qu'elles sont spécialisées – en cellules de peau, de cœur ou de foie – et se mettent à se diviser comme si elles étaient des cellules d'embryon, comme si elles retombaient en enfance. Ce réveil est déclenché par des gènes qui ont été excités par un virus ou qui ont subi une mutation. Mais, sans que nous le sachions, d'autres gènes, les répresseurs, réagissent et vont anéantir le processus. Notre corps vit donc dans un armistice permanent, dans un compromis entre les forces de promotion et les forces d'inhibition[7].

– Il mène une lutte sourde et invisible contre ses propres erreurs… Nous avons donc en nous une sorte de police génétique.

– Exactement. Mais il arrive qu'elle ne soit plus efficace. Qu'est-ce qui détruit cet équilibre ? Prenons le phénomène de la cicatrisation. Imaginons que vous vous coupiez le doigt. Certaines cellules de votre peau sont alors séparées par la coupure, elles ne sont plus en contact. Cela déclenche immédiatement l'activité de certains de leurs gènes qui leur ordonne alors de se diviser. Elles se divisent, se divisent, se divisent jusqu'à ce qu'elles touchent à nouveau d'autres cellules de l'autre côté de la plaie. À ce moment-là, des protéines situées à leur surface envoient cette fois le signal stop : « Arrêtez tout, vous avez fait le travail de réparation, redevenez sociales et tenez-vous tranquilles ! » Elles arrêtent de se diviser. C'est ce que l'on appelle l'inhibition de contact. Le tissu s'est reformé selon le plan d'origine.

– Les cellules cancéreuses, elles, n'entendent plus ce signal.

– Le cancer est comparable à une cicatrisation qui ne peut plus s'arrêter. Les cellules malignes sont sourdes et aveugles aux signaux de l'environnement. Elles se divisent sans qu'aucun signal ne vienne activer leurs gènes et les inhiber. Elles ont de surcroît une stratégie très sournoise : plus la tumeur se développe, plus elle attire les capillaires sanguins vers elle pour leur pomper de l'énergie (c'est ce qu'on appelle l'angiogenèse). Les cellules cancéreuses fabriquent aussi des substances, des peptides, qui endorment les défenses immunitaires. Et, contrairement aux cellules saines qui meurent si elles sont isolées de leur tissu d'origine, elles ont, elles, une forme d'autonomie : elles empruntent le circuit sanguin et se promènent partout dans le corps (les métastases), en fabriquant des produits qui dissolvent les cellules devant elles pour leur permettre de passer.

– De vraies ruses biologiques… Plus on est âgé, plus on est vulnérable à une telle offensive ?

– Bien sûr. D'abord, parce qu'avec l'âge le système immunitaire est moins efficace : les cellules de défense, affaiblies par la rouille du corps, ont de plus en plus de mal à reconnaître les étrangères. Et puis parce que les cellules d'un corps âgé ont plus de risque de devenir cancéreuses : elles sont les descendantes d'une longue lignée de cellules, d'une longue histoire de divisions successives, et portent en elles une accumulation d'erreurs de copie. C'est notamment le cas des cellules des tissus qui se multiplient beaucoup, comme la peau, les bronches, le foie, les reins, le pancréas. Ce n'est pas un hasard si ce sont les sièges des principaux cancers.

– L'environnement, là aussi, joue un rôle.

– Les cancers du pancréas et du sein peuvent être déclenchés par des hormones fabriquées par le corps ou par certains produits – pesticides, déodorants. Le cancer des bronches, lui, résulte de l'irritation permanente des tissus due à la fumée de cigarette ou celui de la plèvre, à l'amiante : à force d'être excitées, agressées, les cellules finissent par se multiplier comme si elles devaient opérer une cicatrisation. Le cancer de la lèvre du fumeur de pipe ou celui de l'œsophage résultant du reflux œsophagien naissent aussi d'une agression continue du tissu. Ceux du sein ou de la prostate sont liés à l'âge et peut-être également aux produits hormonaux que les femmes ont pu prendre ou aux modes de vie des hommes. Enfin, si dans les organes filtres (les poumons, les reins, le foie, qui brassent énormément de produits étrangers), les cellules ont accumulé des erreurs de mutation, si de surcroît les défenses immunitaires générales se sont abaissées, si le stress de la personne envoie en permanence des signaux de déséquilibre à son organisme, alors un cancer aura plus de risques de se déclencher et de ne pas être éliminé naturellement.

Gènes économes

– Descendons encore d'un cran, au niveau des gènes, cette fois. Sont-ils concernés par le vieillissement, eux aussi ?

– C'est l'objet d'une autre révolution scientifique. On entrevoit la possibilité d'une « prolongation génétique de la vie ».

Des résultats déterminants ont été obtenus au cours de ces dix dernières années sur les gènes dits « du vieillissement ». Il semble (en tout cas chez des organismes tels que des levures, des vers, la mouche drosophile) que trois catégories de gènes accélèrent ou ralentissent le vieillissement : 1) ceux qui « allument » ou « éteignent » les processus de mise en réserve ou d'utilisation d'énergie ; 2) ceux qui activent les processus antioxydants protégeant les cellules contre les radicaux libres ; 3) ceux qui régulent et réduisent l'usure de la mitochondrie, la petite chaudière de nos cellules.

– L'une des découvertes a été justement faite avec le petit ver dont nous parlions par Cynthia Kenyon de l'Université de Californie à San Francisco, une chercheuse qui, soit dit en passant, semble avoir appliqué sur elle ses propres découvertes, car elle ne fait pas vraiment son âge…

– Elle mérite, en effet, qu'on parle d'elle en premier. En 1993, cette scientifique a réussi à plus que *doubler* la durée de vie de ce petit ver, passant à 45 jours au lieu de 18 jours pour les vers normaux[8]. Pour cela, elle a modifié un gène de l'animal (appelé IGF-1) : celui-ci ordonne la fabrication d'une protéine qui joue le rôle de récepteur de l'insuline et de son « cousin », le facteur de croissance IGF-1.

– Ça se complique…

– Mais non. Ces deux substances, l'insuline et le facteur de croissance, agissent comme des messagers chimiques d'un bout à l'autre du corps (par exemple, quand une cellule de muscle est contactée par de l'insuline, elle augmente sa consommation de glucose ou le stocke pour un usage ultérieur). Si on supprime ce fameux gène, la cellule n'est plus sensible au message de l'insuline. En somme, ce gène place le corps soit dans un mode d'économie, soit dans un mode d'utilisation immédiate. Eh bien, en le modifiant vers le mode « économie », on a réussi à prolonger de plus de 50 % la durée de vie de l'animal.

– Bon. C'est un petit animal qui ne possède pas plus d'une dizaine de milliers de gènes. Nous, nous ne sommes pas des vers de terre, et nous en avons trois fois plus.

– Parfaitement. Mais on travaille maintenant sur les gènes de la souris, puis de l'homme, et on pense que l'on pourrait modifier la vitesse de vieillissement d'ici à vingt ans.

– Aurait-on trouvé le gène du vieillissement ?

– Non. Plutôt une sorte de chef d'orchestre qui agit sur des gènes liés au métabolisme énergétique, donc à la capacité du corps à s'oxyder. Connaître les autres chefs d'orchestre génétiques serait précieux pour ralentir le vieillissement. Or on vient d'en découvrir certains grâce à un étonnant phénomène mis en lumière dans les années 1930[9] : en réduisant d'environ 40 % le nombre de calories consommées par jour par des rats, on a prolongé leur durée de vie de 20 à 40 %. L'influence de la restriction calorique sur la longévité a ensuite été vérifiée sur des organismes vivants aussi divers que des levures (70 % de vie en plus !), des souris, des vers, des araignées, des poissons ou des mouches…

– … et sur l'animal humain ?

– Une majorité de chercheurs estime que cela est aussi valable chez l'homme. Ce qui reviendrait pour nous, si nous voulons obtenir des résultats significatifs sur l'allongement de la vie, à consommer 1 700 à 1 900 calories par jour au lieu de 2 300 pour la normale (certains allant jusqu'à 3 500, voire 4 000 dans le cadre de consommations excessives). Des travaux récents[10] ont permis d'identifier un gène[11] impliqué dans ce phénomène qui agit comme un interrupteur moléculaire pour « allumer » ou « éteindre » d'autres gènes, mettre le corps en veilleuse et le protéger des radicaux libres. L'organisme se croyant stressé, et en quasi-famine, baisse ses feux pour survivre plus longtemps et, ce faisant, vieillit moins vite. En manipulant ce gène chez la levure et notre petit ver *C. Elegans*, on a augmenté de 30 à 50 % la durée de vie de ces organismes.

Le correcteur d'orthographe

– Manger moins pour vieillir moins vite… Nous en reparlerons au chapitre suivant, mais ce n'est pas très enthousiasmant…

– C'est pourquoi l'on a essayé d'identifier des molécules qui pourraient agir sur ce fameux gène et mimer ces effets bénéfiques sans que nous ayons besoin de nous priver exagérément de nourriture. Et on les a trouvées [12]. Ce sont tout d'abord des polyphénols, substances naturelles présentes dans toutes les plantes, dans les fruits et les légumes où elles jouent notamment un rôle de colorants et d'antioxydants. Parmi elles : la quercétine que l'on trouve dans les pommes et le thé. Mais on a identifié une molécule plus puissante encore, qui prolonge la vie des levures de 70 %. Cette mystérieuse molécule n'est autre que… le resvératrol un des composants essentiels du vin rouge.

– Voilà donc une bonne nouvelle qui fera plaisir aux viticulteurs !

– C'est une molécule assez simple, apparentée à certaines hormones du corps. Elle produirait sur les cellules un effet analogue à la restriction calorique et semblerait également protéger les mammifères contre certains cancers et d'autres maladies liées au vieillissement… Ce qui permettrait aussi d'expliquer les raisons du *French paradox* : les Français qui consomment beaucoup de graisses (et du foie gras) n'ont pas plus de maladies cardiovasculaires que les autres, ni une durée de vie raccourcie. Le resvératrol, composant essentiel de la pulpe du grain de raisin, et donc du vin que nous consommons, nous protégerait des maladies cardiaques et, en guise de bonus, ralentirait le vieillissement. Pasteur disait déjà que le vin rouge était un formidable antiviral (les flavonoïdes, appartenant à la grande famille des polyphénols, détruisent certains virus). La génétique va au-delà de ses espérances.

– Et elle nous mène sur des chemins plutôt inattendus. C'est tout pour les gènes ?

– Oh non ! Il faut une fois encore parler de nos mitochondries, décidément au cœur de cette histoire. Elles ont leur propre ADN, elles se divisent elles aussi, et il arrive que se produisent des erreurs de copies. Or, on sait que celles-ci sont automatiquement réparées par une enzyme qui agit comme le correcteur orthographique d'un ordinateur et qui, en évitant l'accumulation d'erreurs, retarde le vieillissement. Des chercheurs suédois [13] ont identifié le gène qui commande ce « correcteur » et, pour vérifier leur théorie, ils ont créé une lignée de souris chez lesquelles ce gène avait été modifié. Résultat : jusqu'à l'âge d'environ 25 semaines, les animaux semblent normaux ; progressivement, ils présentent les signes caractéristiques d'un vieillissement prématuré : perte de poids, chute des poils, courbure de la colonne vertébrale, ostéoporose, anémie, baisse de la fertilité, augmentation de la taille du cœur. Les premières souris mutantes meurent vers l'âge de 40 semaines. Aucune d'entre elles ne survit plus de 61 semaines, alors que dans un groupe de souris normales, plus de 90 % sont encore, au même âge, en excellente santé, le poil brillant et les moustaches alertes. L'espérance de vie des souris mutantes a donc été réduite *de moitié* par la simple modification d'un gène de la mitochondrie.

– Précieux gène qui nous répare en permanence sans que nous le sachions…

– Et précieuses mitochondries… On sait aussi maintenant que les radicaux libres qu'elles produisent quand elles fonctionnent à plein régime se retournent aussi contre elles, abîment leur ADN, accélèrent leur usure et donc le vieillissement des cellules dans lesquelles elles se trouvent… On a montré récemment[14] (après comparaison des gènes de plusieurs générations dans des familles distinctes) que trois maladies du troisième âge, l'hypercholestérolémie (trop de cholestérol), l'hypertension et l'hypomagnésie (manque de magnésium) sont elles aussi causées par la seule mutation de l'ADN des mitochondries. On voit donc l'immense intérêt de prendre bien soin d'elles.

Terrible bruit de fond

– On s'y perd un peu dans le ballet de ces mitochondries et de ces cellules folles. Si l'on fait le bilan des recherches les plus récentes, peut-on enfin expliquer pourquoi on vieillit ?

– Résumons. En se renouvelant, les cellules font des erreurs de copie, elles se réparent mal. Leur petite chaudière interne polluant de plus en plus, elles s'oxydent, échangent moins bien avec leurs voisines, envoient de mauvais signaux chimiques, ce qui suscite des dégradations en cascade. Dans notre corps, la communication cellulaire se brouille, les dérèglements se multiplient… Le phénomène est accentué par nos conditions de vie et d'environnement : une alimentation trop abondante provoque la surchauffe des machines cellulaires ; si elle est trop riche, les graisses dangereuses sont mises en réserve et peuvent être réutilisées notamment par les cellules cancéreuses pour se diviser. Cela se produit de plus dans un corps dont les défenses immunitaires sont affaiblies, d'où un risque accru d'apparition de maladies dégénératives… Le vieillissement, tel qu'on le voit aujourd'hui, est ainsi la convergence de tous ces phénomènes : un désordre croissant dans le monde cellulaire, comme un grésillement parasite dans un circuit électrique, un « bruit de fond » qui supplante les signaux précis de la vie.

– Un bruit de fond inéluctable, d'autant que nous ne pouvons pas vivre sans oxygène. Nous sommes donc condamnés à nous oxyder, à rouiller. Et à vieillir…

– Certes, mais voilà justement tout l'enjeu de cette nouvelle révolution : nous pouvons au moins jouer sur les facteurs aggravants et diminuer les risques. Il y a des risques choisis : s'exposer au soleil, fumer, boire trop de café, trop d'alcool, prendre des drogues, manger trop de graisses… Ils sont d'autant plus sérieux que nous cumulons ces divers comportements. Il y a les risques involontaires : une longue exposition à des radiations à faible dose, à des polluants. La pollution de l'air par l'oxyde d'azote et l'amiante, les poussières des maisons, les colles des tapis et des moquettes, les produits de nettoyage, tout cela désorganise les métabolismes de notre corps. Nous n'en prenons pas assez conscience. Il faudra éliminer certains produits, mais cela n'est pas simple : remplacer le plomb dans l'essence par du benzène ou d'autres produits plus volatils peut être tout aussi dangereux. Il faut peser le pour et le contre, et ne pas prendre des décisions unilatérales pour de simples raisons écologiques car, dans un milieu interdépendant, cela peut créer à terme un désordre plus grand que celui qu'il était supposé endiguer.

– Pas simple, en effet… Nous n'arrêtons pas d'inventer de nouveaux polluants.

– Les industriels ont encore de sérieux efforts à faire. En testant l'an dernier le sang de 47 volontaires appartenant à 17 pays (dont 39 députés européens)[15], on y a trouvé des éléments indestructibles : du chlore, de la dioxine, du mercure, provenant de pesticides organo-chlorés, de polychlorobiphényles, de phtalates, de composés perfluorés, de retardateurs de flammes au bromure, produits qu'utilise l'industrie dans les cartes mères des ordinateurs par exemple pour les faire durer plus longtemps (on les respire quand le ventilateur de notre ordinateur fonctionne), ou qui sont ajoutés à la matière des tissus, pour les rendre ininflammables… Actuellement, seuls 10 % des produits nouveaux et chimiques lancés dans l'environnement sont testés pour leur innocuité à long terme. Des scientifiques ont solennellement signé un appel[16] demandant aux industriels de prendre leur responsabilité. Et puis, il y a les rayons cosmiques qui nous traversent et provoquent eux aussi des mutations. Nous sommes donc soumis en permanence à des agressions que le corps répare, mais parfois pas suffisamment.

– Les médicaments, aussi, peuvent accentuer le vieillissement.

– Oui. L'augmentation des soins hospitaliers et l'aide médicale aux personnes âgées n'accroissent pas en proportion l'espérance de vie. Les gens âgés ont tendance à prendre plusieurs médicaments contre l'hypertension, le cholestérol, le stress, auxquels s'ajoutent des somnifères. Comme leurs défenses immunitaires sont abaissées, la synergie des médicaments peut constituer des effets iatrogènes : ce qui est censé nous guérir peut nous rendre éventuellement encore plus malades.

Bientôt 140 ans !

– Et pourtant, nous avons de bonnes raisons d'être optimistes, disiez-vous, car, malgré cela, notre durée de vie augmente et nous vivons de mieux en mieux.

– Les progrès de la médecine, la lutte contre les maladies infectieuses, la diminution des maladies infantiles, la réduction de certains poisons dont on sait qu'ils raccourcissent la vie, la diminution de la consommation de tabac et d'alcool… Tout cela conduit à ce que les démographes appellent des courbes démographiques carrées : on meurt à peu près tous au même âge, et de moins en moins prématurément. Les avancées de la génétique et de la biologie moléculaire vont créer un nouveau bond en avant. L'enjeu, ce n'est plus tellement de vivre longtemps, mais de *bien* vivre ce supplément d'âge. On pense que la durée normale d'un être humain est de 120 à 140 ans.

– 120 à 140 ans ! Bonne nouvelle pour la fin du premier chapitre.

– Quelques chercheurs estiment que l'on pourrait aller plus loin. Le plus extrémiste de tous est sans aucun doute l'Anglais Aubrey de Grey de l'Université de Cambridge[17], personnage controversé, mais qui jouit cependant d'un grand respect auprès des meilleurs spécialistes du domaine. Venant du monde des ingénieurs et non de celui des biologistes, il pense que ces derniers ont passé trop de temps à se poser des questions théoriques. Pour lui, un des droits inaliénables de l'homme est sa liberté de choisir de vivre aussi longtemps qu'il le souhaite. Étape par étape, la vie humaine pourrait être selon lui prolongée pratiquement indéfiniment. Il propose par exemple de régénérer les cellules qui ne se renouvellent pas grâce à des cellules embryonnaires régulièrement transfusées, d'éliminer les cellules indésirables (cellules de graisse ou cellules vieillissantes), de protéger les quinze gènes de l'ADN des mitochondries en les plaçant dans le noyau des cellules… Toutes ces propositions sont spéculatives et, on le sait, il y a un monde entre l'idée et sa réalisation pratique. La nature a plus d'un tour dans son sac. Mais ces voies audacieuses sont capables de guider les chercheurs vers de nouvelles pistes.

– Il y a en tout cas de grandes chances pour que les prochaines générations passent en masse le cap du centenaire.

– Oui. La célèbre Jeanne Calment a vécu jusqu'à 122 ans (1875-1997). Une fille qui naît aujourd'hui en France a une chance sur deux d'être centenaire. Grâce aux progrès de la médecine et de l'hygiène, nous avons déjà gagné trente ans de durée de vie en un siècle (dix mois au cours des deux dernières années). Aujourd'hui, 90 % des femmes atteignent 80 ans. En 2004, l'espérance de vie était de 76,7 ans pour les hommes et de 83,8 ans pour les femmes, soit une moyenne de 80 ans pour les deux sexes. Un record jamais atteint en France. Pourtant, nous mourrons quand même « prématurément ». Nous pourrions donc allonger encore d'une trentaine d'années la durée pour la grande majorité des gens, et plus encore, vivre en forme pendant ces années supplémentaires. Nous ne pouvons pas vraiment agir sur notre héritage génétique ni sur l'environnement dans lequel nous vivons. En revanche, nous pouvons contrôler notre mode de vie, notre alimentation, l'entretien de notre corps, notre sommeil, notre résistance au stress. Le défi d'aujourd'hui, ce n'est pas d'accéder à l'immortalité, mais bien de réussir sa longévité.

CHAPITRE 2

Premières recettes de longévité

Vivre mieux et plus longtemps, c'est possible tout de suite ! À la lumière des récentes découvertes, un petit guide accessible à tous pour un mode de vie éclairé qui offre les meilleures garanties de longévité. Et le plaisir en prime…

Économes et bionomes

– Grâce à ce feu d'artifice de découvertes dont nous venons de parler, nous comprenons donc mieux aujourd'hui les mécanismes qui déclenchent le vieillissement. Et déjà, il y a une foule d'enseignements à en tirer. Il est donc possible d'agir sur notre corps pour lui permettre de vivre plus longtemps et en forme, de surcroît.

– Il faut le redire : le vieillissement prématuré n'est pas une « maladie » inéluctable, même si le processus global est irréversible. Oui, il est possible de bien vivre la dernière phase de notre vie, de réussir notre longévité. Prolonger la durée de la vieillesse ou prolonger celle de la jeunesse n'est pas du tout la même chose : il est plus positif de chercher à allonger la durée de la jeunesse. De vieillir « jeune » en quelque sorte. Bien sûr, nous ne pourrons jamais maîtriser totalement les phénomènes biologiques qui surviennent avec l'âge, car trop de paramètres sont en jeu. La révolution scientifique de ces vingt dernières années nous fournit cependant des règles rationnelles de « management » de notre corps, comme on dit d'une entreprise. Les Anglo-Saxons parlent de successful *ageing* (vieillissement réussi). Je lui préfère pour ma part le terme de « bionomie ».

– Vous adorez inventer des néologismes. Que signifie celui-ci ?

– L'économie (la gestion de la maison ; du grec *oikos*, la maison et *nomos*, la règle) correspond à l'écologie (la science de la maison, de *oikos*, la maison, et *logos*, la science). Ce sont les deux faces d'une même médaille. La bionomie (gestion de la vie) correspondrait ainsi à la biologie (science de la vie). Il s'agit en effet d'apprendre à bien gérer son corps. D'ailleurs, le mot *management* en anglais vient du vieux français « ménager », toujours utilisé au Québec, qui veut dire organiser le budget du ménage. Ce mot a donné « le manager », mais aussi « la ménagère », ce qui en dit long d'ailleurs sur la répartition des rôles entre les sexes. Ménager, aménager, se ménager, se manager, s'aménager (comme le territoire), s'économiser… La bionomie relève de la même logique, celle d'une bonne gestion de notre organisme. On peut même parler de tableaux de bord, d'indicateurs, d'objectifs, et établir le management de notre corps sur des bases rationnelles.

– Tableaux de bord, indicateurs, objectifs… Nous sommes peut-être des organismes, mais pas des entreprises, quand même.

– Loin de moi cette idée ! L'homme est un animal déraisonnable, comme le dit Edgar Morin, et c'est une qualité : nous nous réalisons aussi dans l'émotion, la sensibilité, l'exubérance, la folie, la fête, et il faut savoir parfois se dérégler, sortir des limites et faire des excès. Cela ne nous empêche pas de respecter sur le long terme une règle de vie moyenne et d'assurer une gestion régulière de son corps. C'est dans la jeunesse que nous emmagasinons le capital santé qui nous permettra de vivre longtemps ou en tout cas d'augmenter notre qualité de vie quand nous serons plus âgé.

– Si vous dites à un adolescent qu'il doit d'ores et déjà penser à sa longévité, vous risquez de vous attirer quelques sarcasmes.

– C'est juste, l'idée de bionomie est difficile à admettre pour les jeunes gens. À 20 ans, on a toute la vie devant soi, on se croit éternel, et on ne pense pas à un futur si lointain. Il n'empêche ! Cela devrait pourtant relever de l'éducation. On incite bien les enfants à se montrer *économes*, à ne pas gaspiller leur argent de poche. Pourquoi ne leur apprendrait-on pas aussi à être *bionomes*, à mieux maîtriser leur corps ? Cela nécessite de suivre un nombre de principes simples dans les différentes activités de notre vie : notre forme physique, notre sommeil, notre relation aux autres, notre résistance au stress, et en premier lieu, bien sûr, notre alimentation. Selon des statistiques récentes[18], le niveau d'éducation des femmes semble lié à la croissance de l'espérance de vie dans les pays développés : les mères cultivées transmettent naturellement à leurs enfants des savoirs, une discipline, des principes d'hygiène et de nutrition, un usage modéré des « poisons » familiers... Il serait donc aussi important d'investir « en amont » dans l'éducation des jeunes qu'en « aval » dans les soins médicaux aux personnes âgées.

Vive les pommes !

– Mais reconnaissez-le, en matière d'alimentation, personne n'y comprend plus rien ! Nous sommes débordés par les conseils pléthoriques des nutritionnistes, par les régimes miracles qui arrivent chaque saison, par les spécialistes de tous horizons qui n'arrêtent pas de se contredire. En tout cas, nous ne savons plus ce qui est bon pour nous.

– C'est vrai. On a dit un moment que les sucres lents (pâtes, pizza, pain) étaient bons pour la santé, on affirme aujourd'hui qu'ils accroissent la production d'insuline et emballent la machine cellulaire, donc accélèrent le vieillissement… On a accusé les œufs d'augmenter le taux de cholestérol, mais celui-ci serait en définitive un « bon » cholestérol. Effectivement, on s'y perd ! Il y a pourtant un socle de principes simples que l'on peut résumer en une phrase : *il faut manger moins, en diminuant les graisses et en consommant plus de légumes et plus de fruits.* Et s'efforcer de respecter cette règle sur le long terme, même si on s'autorise parfois quelques entorses. Il faut garder à l'esprit cette idée : le corps est comme un filtre, il absorbe toutes sortes de substances, en élimine certaines, en retient d'autres. Chercher l'équilibre alimentaire, c'est donc gérer au mieux les entrées pour que l'organisme fonctionne bien, comme une bonne machine, avec un bon rendement, sans accumuler des produits parasites.

– Première règle : il ne faut donc pas le surcharger, l'encombrer de calories inutiles. Et donc manger moins ?

– On sait depuis longtemps que les rats, les souris, les chiens et les singes dont on restreint la prise de calories de 20 à 40 %, en sont transformés : ils vivent plus longtemps, ils sont plus minces, plus combatifs, en meilleur forme et tombent moins souvent malades. C'est aussi le cas pour la mouche, le ver et la levure.

– Peut-on en tirer la même conclusion pour les Homo sapiens *?*

– À l'évidence, une alimentation faible en calories est un facteur de longévité. Ceux qui prennent des repas festifs chaque jour absorbent jusqu'à 3 500, voire 4 500 calories. C'est beaucoup trop. S'alimenter modérément, c'est absorber environ 2 200 calories par jour. On peut facilement descendre à 1 900 :

au petit déjeuner, un yaourt, une orange, une tranche de pain avec de la confiture, un thé ; au déjeuner, un blanc de poulet, une salade, un fruit ; au dîner, une soupe, des pâtes avec de la sauce tomate, un fruit... À titre de comparaison, un Américain consomme en moyenne 2 500 calories par jour, un Français 2 300 et un Japonais 1 800. Mais il ne faut pas non plus tomber dans l'intégrisme. Beaucoup de gens essaient de réduire leur prise de calories mais, comme le dit avec humour la scientifique Cynthia Kenyon, ils sont menacés de mourir d'ennui. On peut tout à fait adopter un comportement alimentaire sain sans pour autant se rendre la vie triste.

Mangez en couleurs

– Légumes et fruits en quantité, c'est la priorité des priorités, n'est-ce pas ?

– Oui. Il faudrait manger deux ou trois légumes différents par jour (épinards, brocolis, haricots verts, petits pois, salades) si possible naturels (afin d'éviter les conservateurs et le sucre), et de préférence cuits à la vapeur. Nous devrions aussi consommer trois à quatre fruits différents dans la journée : par exemple, une orange le matin, une poire ou une banane au déjeuner, des fraises, des framboises ou du raisin au dîner. Les pommes contiennent des pectines qui sont des éponges à cholestérol. Comme le disent les Anglais, *An apple a day keeps the doctor away* (une pomme par jour, et pas besoin du médecin). Les poires, les oranges, les raisins contiennent, eux, des flavonoïdes, qui sont des antioxydants puissants... Une règle d'or est de manger coloré.

– Manger en couleurs... Mais pourquoi donc ?

– Parce que les fruits et les légumes en rouge, jaune, orangé, bleu ou pourpre contiennent justement ces flavonoïdes. La couleur sert à attirer les insectes (qui jouent un rôle dans la fécondation des plantes) ; mais elle est aussi le signe de la présence d'antioxydants puissants. Autre exemple, le curcumin, le colorant jaune du safran et du curry, aurait un effet préventif contre la maladie d'Alzheimer (il agit directement sur un gène contrôlant la production de la protéine béta amyloïde à la base de la terrible maladie). Les Indiens, dont le plat national est le curry, ont d'ailleurs l'un des taux le plus faibles de malades d'Alzheimer au monde (un huitième des personnes atteintes par rapport aux pays développés).

– Et les fruits secs ?

– Il est bon aussi d'augmenter sa consommation de fruits secs, riches en fibres alimentaires et en minéraux, du moins pour ceux qui n'ont pas de problèmes de surpoids (car ils sont très caloriques). Ce qu'on appelait jadis un mendiant, mélange d'amandes, raisins, noisettes, dattes ou figues, est idéal pour un surcroît d'effort. L'un des plats les plus équilibrés au petit déjeuner, c'est le muesli, ce mélange traditionnel suisse de fruits séchés, noix, noisettes, raisins secs, orge, avoine.

… et un bon petit verre de vin

– Réduire les graisses animales, c'est aussi une nécessité.

– Oui. Surtout les graisses solides à la température ambiante : le beurre (mais il faut en manger un peu de temps en temps pour la vitamine A qu'il contient), le gras du jambon, le saindoux, le pâté, le foie gras, les glaces, la pâtisserie. Quant aux corps gras liquides, il faut favoriser les graisses dites « insaturées » qui sont meilleures à cause de leur structure moléculaire (les chaînes de lipides sont les principaux constituants des membranes de nos cellules : les chaînes « saturées » sont rangées les unes contre les autres en rangs serrés ; alors que les chaînes dites « insaturées » sont coudées, ce qui laisse plus d'espace entre elles, et favorise les échanges de la cellule avec l'extérieur en laissant passer plus de constituants essentiels). Ce sont l'huile d'olive, l'huile de colza, les huiles de bourrache (plante riche en acides gras insaturés), les huiles de poisson Oméga 3, celles des petits poissons (les grands poissons comme le saumon se trouvant au sommet de la chaîne alimentaire, concentrent les produits toxiques et les métaux lourds).

– Les boissons ?

– Il vaut mieux boire de l'eau plutôt que des sodas, des boissons sucrées ou alcoolisées : un litre et demi à deux litres d'eau par jour, car cela permet l'élimination plus rapide des produits toxiques que l'on a dans le sang, fait fonctionner la vessie et le rein. C'est une sorte de nettoyage. Un peu de bon vin, qui contient le resvératrol, c'est aussi excellent.

– Encore la vieille sagesse populaire : un petit verre de vin, c'est bon pour la santé, et ça fait vivre vieux.

– À condition que cela soit du vin rouge, avec du tanin, comme, par exemple le bordeaux. Mais il faut absorber peu d'alcool et de café, dont on connaît l'influence néfaste. Une étude de nutritionnistes a montré que les adventistes du septième jour, une secte religieuse américaine qui bannit l'alcool, le tabac, le café, vivent neuf ans en moyenne de plus que les autres Américains. On vient aussi de découvrir que le jus de grenade, ou « fruit des Dieux », boisson utilisée depuis des millénaires en Iran, réduirait sensiblement l'hypertension (en agissant directement sur l'enzyme de conversion qui transforme l'angiotensine I en angiotensine II, l'une des principales causes de l'hypertension artérielle).

Petits poisons autorisés

– Limiter les sucres, encore une évidence.

– Le sucre pur (le saccharose extrait de la canne à sucre et de la betterave) a une action rapide qui incite le corps à produire de l'insuline et à le mettre en réserve (sous la forme de glycogène) pour le réutiliser quand l'organisme aura besoin d'énergie. Mais si l'on dérègle cette pompe à insuline en consommant trop de sucre pur, on accélère le métabolisme, ce qui augmente l'oxydation du corps et fait « brûler » encore plus de graisses et de sucres… Dans son yaourt, mieux vaut donc mettre de la mélasse : c'est le résidu du sucre qui n'a pas cristallisé et qui contient beaucoup de sels minéraux. Au moins, on absorbera du phosphore, du magnésium, du fer.

– Que penser des sucres dits « lents », c'est-à-dire les pâtes, les pommes de terre, le pain, les pizzas ?

– Ils se libèrent dans le corps plus lentement, et ne provoquent pas une surproduction d'insuline. On les a donc conseillés. Certains spécialistes, cependant, estiment qu'un excès de sucre lent (trop de pain, trop de pâtes) peut également surchauffer la machine à insuline et donc accélérer là encore les métabolismes conduisant à un vieillissement rapide des cellules… Conclusion sage : réduire son assiette de pâtes et de riz, y rajouter des légumes en somme. Et mieux vaut consommer des pâtes et du riz complets.

– Et, j'imagine, ne pas abuser de la viande ?

– Les viandes rouges comme le steak ou la côtelette de bœuf contiennent des graisses nocives. Préférons la volaille et l'agneau, qui en ont moins. Et bien sûr le poisson, qui possède en plus des huiles Oméga 3. Mieux vaut choisir des poulets bio et des poissons de mer plutôt que des poissons d'élevage.

– A-t-on droit à quelques douceurs ?

– On peut se laisser aller à des petits poisons familiers : le chocolat noir par exemple, à 70 % de cacao. Il contient des éléments nutritifs comme le magnésium, des stimulants du système nerveux (comme la théobromine), la caféine, des petites quantités de sérotonine (qui compense la perte de cette molécule dans le cerveau et conduit donc à des effets antidépresseurs). Le cacao contient également des polyphénols comme la catéchine (un des principaux constituant du thé) qui a un rôle antioxydant, de la phényléthylamine qui imite l'hormone que l'on produit quand on est amoureux et stimule la production d'endorphines, les opiacés naturels du cerveau. Le chocolat noir contient même des anandamides, molécules qui ressemblent au THC (constituant de la marijuana) et qui se fixent sur les mêmes récepteurs du cerveau que le cannabis.

– Le chocolat noir est donc une véritable drogue !

– Une drogue douce… Absorbé sans excès, il pourrait être considéré comme un aliment complémentaire. Pendant très longtemps d'ailleurs, la fève de cacao était utilisée par les Incas et les populations d'Amérique du Sud pour donner de la force et du courage. Et puis, un petit verre d'alcool après le dîner, pourquoi pas ? Si cela fait plaisir.

Des plats « complémentés »

– Tout cela rappelle certaines pratiques alimentaires traditionnelles, comme l'alimentation crétoise par exemple, que l'on dit sources de longévité.

– Il y a en effet une vraie convergence entre les pratiques traditionnelles et les progrès scientifiques. L'alimentation crétoise, à base d'huile d'olive, de poissons, de fromages de chèvre, de fruits et légumes, de fruits secs, entre parfaitement dans le cadre que nous venons de définir. C'est un régime idéal. La biologie retrouve aussi un principe ancestral : celui de « complémentation », c'est-à-dire l'association de deux aliments qui se complètent.

– Par exemple ?

– Notre corps a absolument besoin des vingt acides aminés, sans exception, pour fabriquer l'éventail des protéines nécessaires à son métabolisme. C'est essentiel : si un seul de ces acides aminés fait défaut (ce qu'on appelle le facteur limitant), l'organisme dépérit (un peu comme pour fabriquer des drapeaux tricolores avec des bandes de couleur : dix bleues, dix blanches et dix rouges permettent d'en fabriquer dix ; mais avec dix bleues, dix blanches et *seulement* deux rouges, le facteur limitant, on n'en aura que deux). Or, huit des vingt acides aminés, dont la lysine et la méthionine, ne peuvent être fabriqués par l'organisme et doivent être apportés de l'extérieur. Si on se nourrit exclusivement de riz, on souffrira d'une déficience en lysine. Si on ne mange que des pois chiches, on sera déficient en méthionine. On voit de graves carences chez ces enfants africains dont l'alimentation est réduite au manioc (qui ne contient pas tous les acides aminés). Les peuples traditionnels le savaient intuitivement : ils consommaient des pois, des pois chiches, des fèves ou du soja (riches en lysine) *avec* du riz ou de la farine (riches en méthionine). Coupler le riz et les lentilles, cela permet de fabriquer des protéines équivalentes à celles de la viande (qui contient, elle, tous les acides aminés).

– On peut donc se passer de viande à condition de bien associer d'autres aliments, légumes, légumineuses, céréales, dans un même plat, c'est cela ?

– Exactement. C'est la complémentation. En consommant par exemple séparément deux tasses de maïs et une demi-tasse de haricots, on obtient l'équivalent protéique d'un beefsteak de 100 grammes. Mais si on les mange en même temps, la complémentation conduit à un équivalent protéique d'un beefsteak de 143 grammes, soit près de 50 % de plus. Est-ce un hasard si les plats traditionnels respectent tous cette règle ? En Afrique du Nord, le couscous est l'association de la farine de blé et des pois chiches. En Inde, on consomme du riz avec des lentilles. En Russie, de l'orge avec du kacha, en Chine du soja avec du riz. Au Mexique, des haricots rouges avec du maïs… Ce sont toutes des complémentations lysine-méthionine. Dans d'autres pays, on pratique des mélanges avec des aliments d'origine animale : le porridge des Anglais (avoine et lait) ou les spaghettis-fromage en Italie… Avec une alimentation végétarienne bien complémentée, les peuples traditionnels étaient en bonne santé, ils fabriquaient de bonnes protéines pour leur corps et leur cerveau, et pratiquaient de surcroît une économie intelligente en utilisant le revenu de leur ferme et non le capital : ils gardaient les poules pour les œufs, les vaches pour le lait, et les bœufs pour tirer la charrue. Et on réservait le cochon ou l'agneau pour les fêtes. La biochimie a retrouvé ces principes traditionnels de base.

Le consensus alimentaire

– *Contrairement aux apparences et aux effets de mode, il existe donc bien un socle de principes simples, un consensus alimentaire en quelque sorte.*

– Oui. Depuis une dizaine d'années, les découvertes scientifiques ont confirmé tout cela, en montrant comment des produits naturels interviennent sur le métabolisme de notre corps, y compris au niveau génétique. Le consensus alimentaire, comme vous dites, est simple : il tient sur une page que l'on peut afficher sur son réfrigérateur.

– *Je résume : peu de viandes, peu de sucre, peu de graisses, plutôt de la volaille et du poisson, beaucoup de fruits et légumes, des plats présentant une variété d'aliments, un bon verre de vin et, de temps en temps, un carré de chocolat ou un verre d'alcool… Ce n'est pas vraiment un régime d'ascète. Et cela ne nous empêche pas de tuer notre cochon ou notre agneau pour faire la fête.*

– C'est une constante à respecter sur la durée, ce qui ne nous empêche pas en effet de faire un festin de temps en temps. On peut parfaitement concilier la bonne bouffe dont nous venons de parler et la gastronomie. En 1979, dans un livre intitulé *La Malbouffe*, ma femme, inspiratrice de l'idée, et moi expliquions de manière simple comment se nourrir pour mieux vivre et sans se priver. Nous le disions : la prévention n'est pas la privation. D'ailleurs *dieta* en grec, d'où vient « diététique », signifie « art de vivre ». Il faut donc fuir si possible la malbouffe, tout ce qui est trop gras, trop salé, trop sucré, trop copieux et trop fréquent, cette alimentation industrielle qui menace d'obésité tous les habitants des pays développés, aussi bien les jeunes que les plus âgés, d'autant plus qu'ils sont stressés, mangent n'importe quoi, souffrent d'un manque d'exercice, et s'avachissent pendant des heures devant la télévision. On assiste maintenant à une véritable épidémie d'obésité : cela concerne plus de 30 % d'Américains. Et l'Europe est en train de rattraper les États-Unis : 3 millions d'enfants obèses et 14 millions en surcharge pondérale, soit 400 000 enfants de plus chaque année[19].

– Depuis quelques années, dans le sillage des Américains, on prend l'habitude d'ajouter des suppléments à son alimentation, des vitamines, des oligo-éléments.

– Soyons clairs : si l'on suit les grands principes dont nous venons de parler, on n'a pas besoin de suppléments vitaminiques (sauf si on est végétarien strict). Ces cocktails invraisemblables de vitamines, d'oligo-éléments, hormone de croissance, Oméga 3, bétacarotène, sélénium et j'en passe, vont parfois trop loin. On connaît mal les synergies entre ces différents produits. Une étude réalisée en France a par exemple montré que la prise régulière de vitamines E, C et de sélénium pouvait réduire certaines maladies cardiovasculaires ou la cataracte. Mais d'autres scientifiques avancent de leur côté qu'un excès de ces produits pourrait avoir des effets négatifs et provoquer des cancers (trop d'antioxydants dans le corps diminuerait le nombre des radicaux libres nécessaires pour tuer les cellules cancéreuses). Dans le doute, s'abstenir ! Ne pas prendre n'importe quel supplément, et surtout pas de manière systématique. Avaler 400 unités de vitamine E et 1 gramme de vitamine C par jour, cela n'a pas de sens ! Tout dépend des individus. Il faudrait donc réaliser au préalable des tests très précis pour évaluer l'état d'oxydation de son corps, comme le propose Luc Montagnier, et savoir de quoi nous avons besoin. Nous en parlerons au chapitre suivant, de tels tests sont en train de se développer.

Le sommeil, un gain de temps

– Pour un bon « ménagement » ou « management » de son corps en vue de la longévité, il n'y a pas que l'alimentation, disiez-vous. Peut-on aussi maîtriser son sommeil et le rendre plus efficace ?

– Avouons-le, on ne sait toujours pas à quoi sert le sommeil. Est-ce une reprogrammation des neurones, une période nécessaire pour reconnecter les synapses, effacer les vieux dossiers du cerveau, nettoyer la mémoire ? Une sorte de remise à neuf qui nécessite de se mettre quelques heures en dehors de soi ? C'est possible, mais nous n'en savons rien. Disons que le sommeil permet au cerveau de récupérer et de lutter contre le stress. En tout cas, il est lié au ralentissement du vieillissement : tous les centenaires ont un bon sommeil. Ce que l'on sait en revanche, c'est qu'il nous faut un sommeil régulier : pas obligatoirement long, mais à heures fixes, induit par des moyens naturels.

– Facile à dire. Nombre de gens restent fâchés avec le sommeil.

– Beaucoup de personnes ont des insomnies parce qu'ils ont absorbé des substances qui ne favorisent pas le sommeil, ou qu'ils sont stressés. Pour ceux qui le peuvent, il faut éviter d'entrer dans le cycle des somnifères. Si on a été trop actif juste avant de se coucher, si on a pris des repas trop copieux, mangé trop de viande ou bu trop de vin, on n'arrive pas à s'endormir. Même chose quand on change des habitudes, quand on dort dans un hôtel par exemple, ou quand on doit se réveiller très tôt le matin, pour prendre un avion.

– Mais si on ne s'endort pas…

– Si on ne s'endort pas, mieux vaut ne pas s'obstiner plus de vingt minutes : il est préférable de se lever, de lire ou de regarder la télévision. Même chose si on se réveille au milieu de la nuit, parfois en raison de crampes légères dans les jambes, qu'on appelle des « impatiences » (10 à 15 % de la population au-dessus de 50 ans est concernée). On se lève, on procède à de légers massages des jambes, on marche, on va boire un verre de lait ou manger une banane (elles contiennent du magnésium). Surtout, cacher son horloge, ne jamais regarder l'heure, pour éviter de se culpabiliser, ce qui aggravera encore l'insomnie. Et tant pis si on n'a dormi que 4 heures, on récupérera les nuits suivantes ! Mal dormir une fois, ce n'est pas grave si on ne sait pas combien de temps l'on a dormi. On a toujours moins besoin de sommeil qu'on le croit. Dormir trop est un signe de dépression. 8 heures est la moyenne, mais certaines personnes se satisfont très bien de moins. L'idéal serait de calculer son réveil en fonction de cycles d'une heure et demie. Et de se faire réveiller par la lumière du jour ou par un réveil lumineux progressif qui imite le lever du soleil.

– *Aborder le sommeil avec un certain détachement, en somme.*

– À condition de respecter certaines règles : une heure ou deux avant d'aller se coucher, il faut arrêter de travailler, ne pas manger ou boire des excitants comme du vin, de l'alcool, de café, ni faire d'exercice. Et se donner un rituel : prendre des boissons qui favorisent l'endormissement, du lait chaud avec du miel ou une tisane. Les conditions du lit jouent un rôle. Certains couples dorment en *spooning*, comme deux cuillères rangées dans un coffret, blottis l'un contre l'autre… En réalité, beaucoup de gens sont angoissés par le sommeil, sans doute parce qu'il ressemble à la mort. D'autres ont peur de perdre leur temps en dormant, ce qui est une erreur : dormir éclaircit le cerveau, donne des idées (dans la période idéale du matin, entre 4 heures et 7 heures, le cerveau est très actif) et, d'une certaine manière, nous fait gagner du temps. En fait, il faut aimer son sommeil, car il est bon pour nous.

Se ronger vraiment les sangs

– Faire de l'exercice est-il aussi un facteur de longévité ?

– Bien sûr. L'exercice fabrique naturellement de l'hormone de croissance (à tous les âges) qui ralentit le vieillissement. Il augmente la vascularisation des muscles et accroît la transformation des graisses et des sucres en éléments utiles pour le corps, ce qui évite leur mise en réserve dans l'obésité. C'est donc un facteur de longévité que de pratiquer un exercice régulier, comme de la marche, du vélo, de la natation, du jogging lent (avec de bonnes chaussures !), de la gymnastique à la maison, du yoga, du pilates. Ces sports-là ont un autre intérêt : ils créent une routine et sont hypnotiques. Ils nous placent dans un état propice à la méditation, donc font baisser le stress. Attention aux sports extrêmes, comme le ski, le snow-board ou le surf, qui sont discontinus et demandent une grande intensité musculaire et cardiaque pendant un temps très court. Et au tennis, au rugby, au foot, qui sont, eux, extrêmement stressants. La musculation est bonne pour la longévité. Quand on se regarde en train de soulever des poids, la masse musculaire augmente à la fois physiquement et « psychologiquement ». Au-dessus de 40 ans, on rattrape vite des muscles, mais on les perd aussi plus vite qu'à 20 ans.

– L'essentiel, c'est aussi de lutter contre le stress qui, si on vous suit, produit des effets désastreux sur l'organisme.

– Le stress n'est pas mauvais en soi. C'est la garantie que nous sommes vigilants, attentifs. Hans Selye, le physiologue canadien qui a inventé le terme, un concept qui lui est venu alors qu'il était étudiant à l'Université de Prague, a d'ailleurs affirmé que, sans stress, nous ne pourrions pas vivre. Le danger du stress, ce sont les produits qu'il fabrique et que notre corps n'arrive pas bien à éliminer. Quand on est stressé, une partie de notre cerveau, l'hypothalamus, envoie un signal conduisant à augmenter la production de l'hormone cortisol par les glandes surrénales afin que l'organisme puisse lutter contre les agressions de son environnement. Le cortisol mal éliminé devient une sorte de polluant. Si, dans le même temps, on absorbe de la caféine, de l'alcool, du tabac, l'hypothalamus est surchargé, et les produits du stress s'accumulent dans le corps, ce qui peut conduire à des dérèglements métaboliques dangereux, par exemple l'affaiblissement des défenses immunitaires, le réveil de virus et de bactéries qui vont induire des maladies dégénératives, des cancers, des diabètes, des maladies articulaires, de l'arthrite...

– L'idée que l'état psychologique dans lequel nous nous trouvons a une influence directe sur notre santé et peut provoquer des cancers n'est pas unanimement admise. La médecine ne la prend pas suffisamment en compte, en tout cas.

– De plus en plus de grands cancérologues le font. Ils savent qu'un stress grave peut conduire à un dérèglement du métabolisme. On ne pourra certes jamais dire que ceci est la cause de cela. Mais le stress est à l'évidence une donnée qui compte. Nous l'avons dit au début de notre conversation : jusqu'à présent, la bonne médecine classique analytique avait étudié séparément les trois systèmes – nerveux, hormonal et immunitaire. On sait maintenant que les trois sont liés, et qu'il nous faut développer cette science hybride, la psycho-neuro-immunologie. Au passage, on retrouve des dictons d'autrefois : « Je me fais un sang d'encre », « Il est mal dans sa peau », « Il se ronge les sangs ». Tout cela est explicite. Nous avons en tout cas de plus en plus d'indications qui montrent combien l'état psychologique produit un effet de résonance sur certains types de maladies et accélère le vieillissement.

Le sourire de Bouddha

– Là encore, on a l'impression que, sauf à prendre des tranquillisants, nous n'y pouvons rien. Ce n'est pas notre faute, nous sommes stressés !

– C'est une erreur de croire que nous serions impuissants face au stress. Il existe des moyens pour mettre le cerveau en harmonie avec le corps. Le cerveau et le cœur, la raison et l'émotion, fonctionnent de pair. Respirer différemment, à la manière des yogis, régularise les battements cardiaques. Par l'intermédiaire du système nerveux, cela remet aussi le cerveau en équilibre, suscite la production d'endorphines, et permet d'éliminer les produits toxiques liés au stress, comme le cortisol. Plutôt que de prendre un médicament, un somnifère, un tranquillisant ou une drogue quelconque, il est possible, par sa propre volonté, d'exercer un effet physiologique sur son métabolisme.

– De quelle manière ?

– Nous pouvons déjà prendre l'habitude de nous dégager de nos activités immédiates, ne serait-ce que dix minutes par jour. Regarder les arbres dans une forêt, écouter le chant des oiseaux… Bref, prendre du recul, réfléchir à soi (mais non d'une manière culpabilisante), se régénérer. On estime que dix minutes de méditation pendant deux à trois mois font baisser la tension de deux points. Sans le moindre médicament ! On peut apprendre cette pratique par les livres ou par internet. On ferme les paupières, on respire profondément avec le haut des poumons puis avec l'abdomen comme les yogis le font, on ralentit les battements de son cœur, on se concentre sur des points loin devant soi puis très près, on ne pense plus à rien… À un certain moment, des sortes d'ondes pulsées nous viennent devant les yeux, un peu comme cette fameuse image blanche dont parlent les gens qui sont revenus d'un coma. Tous les muscles du visage se détendent, et on se surprend à sourire, comme un bouddha. Lorsqu'on se réveille, on est un peu groggy, on marche au ralenti, comme si on revenait de très loin… Dix minutes de cette qualité équivalent à plusieurs heures de sommeil. C'est quelque chose que tout le monde peut pratiquer.

Ne prenez jamais votre retraite

– Il s'agit en somme de retrouver des techniques orientales qui n'ont pas bonne réputation dans nos pays où la rationalité domine.

– On connaît l'acupuncture qui ne guérit pas des maladies infectieuses mais permet de rétablir le sommeil et de lutter contre la douleur. Elle nécessite cependant d'avoir recours à des experts. En revanche, il est facile de pratiquer soi-même l'acupression : en exerçant une simple pression avec le doigt à certains endroits du corps pendant 30 secondes – sous la cheville par exemple, ou derrière le genou – on peut provoquer le sommeil. Il existe aussi des points de la cage thoracique pour réduire les extrasystoles, c'est-à-dire les irrégularités angoissantes du rythme cardiaque, des points sur la nuque pour atténuer les migraines et les douleurs cervicales. Certains cocktails de plantes avec du ginseng pour avoir plus de tonus ou l'aubépine contre les palpitations ont eux aussi des effets efficaces. Il est donc possible de lutter contre le stress de différentes manières.

– Malgré cela, certaines fonctions, certains métiers sont plus exposés. Les sportifs, les danseurs brûlent véritablement le corps ; les cadres des entreprises sont, eux, soumis à un stress important.

– Ces gens-là ont fait le choix d'une vie hyperactive, ils l'ont fait de manière consciente et informée. C'est un choix respectable. D'autres brûlent leur vie plus inconsciemment, comme dans un incendie, sans se soucier des conséquences. C'est aussi un choix...

– Vous évoquiez l'importance de faire fonctionner son cerveau, de lui donner à manger une nourriture intellectuelle. Pour vivre longtemps, il faut donc rester actif et curieux.

– C'est essentiel. Une vie monotone, sans curiosité, sans activités stimulantes, risque de nous conduire à une sorte d'endormissement qui favorise la dégradation de notre métabolisme. En ce sens, le terme de « retraite » est mal adapté : on ne doit pas se mettre « en retrait » ni « se retirer » du monde. Parlons plutôt de « transition de vie ». Hélas, beaucoup de gens prennent la retraite au mot : « J'ai beaucoup travaillé jusqu'à 50 ans, disent-ils. Maintenant, je m'arrête, et je fais ce que je veux ! » Mais non ! On ne fait pas ce que l'on veut, on ne peut pas le faire si on n'a pas préparé cette période de sa vie. Quand on est soudain déconnecté de la vie active et de la compétition, le corps ne suit plus. On se découvre des rhumatismes, des calculs dans les reins... Thomas Friedman, éditorialiste du *New York Times*, a eu récemment cette phrase en commentant les questionnements des Européens face aux problèmes de leur retraite : « *Never retire !* » Ne prenez jamais votre retraite ! Nous pouvons tous conserver une diversité de hobbies, de relations, de plaisirs. Tout cela favorise la longévité.

– Créer empêche de vieillir ?

– Bien sûr ! Il est démontré que les personnes qui préservent une activité créatrice vieillissent moins vite et mieux que les autres. Les artistes et les scientifiques, de Niels Bohr à Linus Pauling, de Picasso à Chagall, ont eu une durée de vie supérieure à la moyenne. Eux, ils ne prennent pas de retraite. Ils créent jusqu'à la fin, tant qu'ils ont des mains, des yeux et un cerveau. Ce faisant, ils activent leurs neurones et ralentissent des processus néfastes. L'activité intellectuelle et la création produisent, en plus des endorphines qui donnent le plaisir de créer, des hormones d'équilibre dans le corps qui permettent de mieux résister aux grandes maladies, et peut-être même d'activer certains gènes de lutte contre le vieillissement.

Du sexe et du chocolat

– Les plaisirs ne sont pas seulement intellectuels. Qu'en est-il de la sexualité ? Augmente-t-elle aussi la longévité ?

– Elle fait partie de toute notre vie. Après 70 ans, on ne peut plus prétendre à la sexualité de ses 20 ans, mais on peut connaître des relations émotionnelles, physiques, amoureuses, transcendées par l'âge. Jean-Louis Servan-Schreiber nous en parlera. Tout ce qui relève du plaisir secret des endorphines, ces récompenses du cerveau : manger du chocolat, boire un bon vin, faire l'amour, discuter de manière passionnée avec des amis, voir un bon film… L'état de bien-être, l'harmonie avec soi-même – en un mot, « se sentir bien dans sa peau » – participe certainement à l'accroissement de la longévité.

– Pour être en harmonie avec soi-même, il faut l'être avec les autres.

– Si notre corps est une société de 60 000 milliards de cellules interconnectées, il est aussi la cellule d'un vaste écosystème, celui de notre famille, de notre société, de notre planète. Les personnes âgées qui ont conservé un réseau relationnel autour d'elles, soit pour donner, soit pour recevoir, soit pour créer, vivent mieux et plus longtemps que les autres. L'être humain est un être grégaire, il a besoin des autres. Si on est en conflit permanent dans sa famille – je ne parle plus à ma belle-sœur, je n'adresse pas la parole à mon frère –, cela entretient encore une fois le stress, diminue les défenses immunitaires, et participe au cercle vicieux du vieillissement.

– La rancœur serait véritablement un poison ?

– Un poison qui nous ronge, comme la rouille. On se ronge les ongles, on se ronge les sangs. Quand on sombre dans la rancœur en vieillissant, cela peut déclencher des maladies. Donner, faire preuve de générosité, exerce au contraire un effet positif sur notre équilibre psychologique mais aussi physiologique. Le bouddhisme conseille d'éliminer tous les petits tracas pour se concentrer sur ce qui est important pour les autres : se donner au lieu de garder pour soi. C'est la recherche d'une harmonie entre le spirituel et le corps. Et la science retrouve ces grands principes. Mais ne nous trompons pas : tout le monde n'a pas, hélas, la possibilité d'accéder à ce luxe de la sérénité. Ceux qui sont démunis, qui sont sans abri, au chômage, ceux qui ont subi un traumatisme grave, pour des raisons politiques, économiques ou sociales… Comment peuvent-ils trouver le bonheur dans la relation aux autres ? Disons-le, répétons-le : ce que nous exposons ici, ce sont des grands principes en harmonie avec les derniers progrès de la science. Mais il ne faut pas les ériger en idéologie, ni en morale, ni même en règles de vie valables pour tous. Nous ne cherchons pas à nous montrer en exemple.

La recette des centenaires

– Retrouve-t-on tous ces bons principes dans le mode de vie des centenaires, dont on sait qu'ils sont de plus en plus nombreux ? Sont-ils bionomes, eux aussi, soucieux de leur alimentation, de leur sommeil, de leur vitalité ?

– Les centenaires ont sans doute un bon patrimoine génétique qui leur donne une résistance naturelle contre les bactéries et les virus, un terrain moins favorable aux maladies dégénératives. On sait qu'un gène (situé sur le quatrième chromosome) favorise la résistance à certains types d'affection. Mais leur mode de vie joue évidemment un rôle majeur : de nombreuses études révèlent l'existence de comportements communs entre les centenaires du monde entier, notamment en matière d'alimentation. Tous sont frugaux (moins de 1 % d'entre eux ont un excès pondéral). Dans l'île d'Okinawa au Japon par exemple, où on trouve la plus grande proportion de centenaires au monde, ceux-ci respectent une vieille philosophie qui dit : « Ne mange qu'à 80 % de ta faim. »

– « Il faut sortir de table en ayant un tout petit peu faim », disait ma grand-mère.

– Elle avait raison. La restriction calorique, nous l'avons vu, active certains gènes qui placent le métabolisme des cellules sur le mode « économie », ce qui fait vieillir moins vite les tissus. En Sardaigne, en Crète, dans certains pays d'Amérique du Sud, où l'on compte beaucoup de gens très âgés, ceux-ci ont aussi une alimentation différente de celle de nos pays occidentaux : plus frugale là aussi, moins riche en graisses, plus riche en laitages, en légumes, en fruits. Nos centenaires ont un autre point commun : ils se livrent à un exercice régulier de l'esprit et du corps. Ils cultivent un jardin, marchent régulièrement, jouent à des jeux, font fonctionner leur mémoire. Ils conservent généralement un réseau de parents, d'amis, de voisins, maintiennent une vie sociale, et ils ont souvent des animaux de compagnie.

– Ce sont des sages...

– En général, ils sont de nature sereine. Ils prennent plaisir à regarder la nature, ils pratiquent une sorte de contemplation et de méditation, et cherchent souvent à se mettre en harmonie avec leur environnement, à en adopter le rythme en prenant la mesure du temps qui passe. Après avoir interrogé plusieurs personnes âgées de ma famille, je me suis rendu compte que, plus ils approchaient de la mort, plus ils accordaient de la valeur au temps qui leur restait. Chaque minute prend plus d'importance quand on sait que l'on approche de l'échéance. On peut voir la vie, non pas comme un escalier que l'on descend, de décrépitude en décrépitude, jusqu'à la tombe, mais au contraire comme un escalier que l'on monte : chaque marche a encore plus de « valeur » que les précédentes puisqu'il reste moins de temps : le capital vie accumulé génère des « intérêts temporels » positifs.

De bonnes résolutions

– Ce que vous dites ressemble aux bonnes résolutions que l'on prend à la nouvelle année et que l'on oublie très vite. Gérer son corps sur la durée, cela paraît un objectif très ambitieux dans notre monde saccadé et frénétique. Et un peu utopique.

– Aujourd'hui, nous avons tendance à faire primer le présent sur les considérations à long terme. Nous ne prenons véritablement conscience de l'avenir que lorsque nous subissons un choc, une maladie, une crise. D'où l'importance de l'éducation dans la famille : c'est elle qui induit le comportement alimentaire et créé les bonnes habitudes de vie. Et puis, cela vient avec le temps : progressivement, si on est bien informé, on peut prendre moins de risques tout en trouvant autant de plaisir. Faire du roller dans Paris ou du surf sur de grosses vagues, fumer, s'exposer au soleil, ce sont des risques que l'on peut mesurer. Ensuite, on exerce sa liberté de les courir ou non.

– Mais on ne peut rien contre les risques collectifs. À quoi sert alors de faire tant d'efforts personnels si la société continue à nous inventer de nouvelles pollutions, de nouveaux désagréments ? Ce que la science nous offre d'un côté, elle le reprend de l'autre.

– Les gens considèrent généralement deux types de risques qu'ils jugent très différemment : le risque individuellement choisi (maîtrisable) et le risque socialement imposé (inacceptable). Vivre à proximité d'une usine chimique, d'une centrale nucléaire ou près d'une ligne à haute tension, utiliser un téléphone portable (dont on ne connaît pas bien les effets des hautes fréquences à long terme), ce sont des risques qu'il est effectivement difficile de maîtriser individuellement. En revanche quand il s'agit de conduire vite, de fumer ou de se bronzer, chacun pense se débrouiller mieux que les autres pour en éviter les dangers. Il n'est pas aisé de discerner les vrais risques des faux, les probabilités réelles des probabilités infimes ; les informations sont complexes, les experts ne sont pas toujours d'accord. Mettons en œuvre le principe de précaution et agissons au moins là où nous pouvons le faire, sur nos propres modes de vie. Tout ce qui permet de reculer l'échéance est bon à prendre, non ? Aujourd'hui, nombre de jeunes gens se montrent sceptiques au sujet de l'avenir, ils ont peur des grandes maladies, du réchauffement, de la pollution, de la politique, de la mondialisation et de la science dont ils doutent de la capacité à changer les choses. Ils vont au plus pressé, ils se résignent. Mais dès qu'on les informe des nouvelles perspectives et des nouvelles découvertes comme celles dont nous venons de parler, alors ils se montrent soudain passionnés. Et ils n'ont encore rien vu ! Car, en ce qui concerne le futur de la longévité, nous ne sommes pas au bout de nos surprises…

CHAPITRE 3

Demain, j'aurai 120 ans !

Pilules intelligentes, puces implantées sous la peau, organes qui repoussent… La révolution scientifique et médicale de la longévité ne fait que commencer. Bientôt, nous vivrons encore plus longtemps, encore plus en forme. Avec un corps réparé, modifié ou transformé ?

Les pilules de longévité

– Forts des conseils de bon sens que vous venez de donner, il ne semble pas si difficile après tout de vivre en bonne entente avec notre corps et de l'entretenir pour qu'il dure le plus longtemps possible. D'autant que nous allons être aidés par une autre révolution, médicale et technique celle-là. En la matière, disiez-vous, le futur s'annonce encore plus stupéfiant qu'on ne le pensait.

– En effet. Depuis les années 1950, la médecine a fait des progrès considérables, notamment contre les maladies infectieuses. L'industrie pharmaceutique s'est développée en produisant des « blockbusters », ces médicaments prescrits à des millions de personnes pour traiter les maladies cardiovasculaires, l'hypertension, l'excès de cholestérol, les dépressions, les rhumatismes. Mais ces molécules, qui rapportent des milliards de dollars, sont de plus en plus critiquées pour leurs effets secondaires ou pour leur inefficacité chez certains

… mélanges suscitent également l'apparition de … pathologies, de même que l'hospitalisation induit … nfections et des maladies nosocomiales. Bref, les soins se révèlent parfois contre-productifs. Certains remèdes contre les rhumatismes ou contre le cholestérol, ainsi que des antidépresseurs accusés de créer des troubles psychiques chez les adolescents, ont d'ailleurs été retirés du marché. L'industrie pharmaceutique est en crise, et elle emprunte maintenant de nouvelles voies.

– *Quelles sont-elles, ces nouvelles voies ?*

– L'industrie s'oriente d'abord vers les médicaments de confort, des produits qui améliorent la qualité de vie des personnes âgées et les aident à garder la mémoire, une meilleure apparence, une certaine force musculaire, une activité sexuelle (le fameux Viagra), ou une bonne peau (tel le rétinol qui atténue les rides). Trois secteurs industriels vont d'ailleurs à mon avis se rapprocher : celui de la pharmacie, celui des cosmétiques, celui de la nutrition. On va ainsi assister à l'apparition sur le marché de nombreux « alicaments » (aliments médicamenteux) et à la naissance d'une « cosméceutique » (« la cosmétique pharmaceutique »). Aux États-Unis, des dizaines de start-ups se sont déjà lancées pour produire et commercialiser des produits promoteurs de longévité, à partir des récentes découvertes dont nous avons parlé au chapitre précédent. Elles portent des noms très évocateurs : Centagenetix[20], Juvenon, Advanced Cell Technology, Biomarkers, ChronoGen, Eukarion[21], GeroTech, Longenity, Rejuvenon… D'autres sont déjà cotées en Bourse comme Alteon ou Geron. Enfin, certaines entreprises[22] recherchent les gènes de la longévité, en étudiant notamment la génétique de centenaires ou de familles au sein desquelles les parents et les enfants sont, pourrait-on dire, « atteints de longévité ». Il est probable que des grandes firmes pharmaceutiques vont racheter ces start-ups ou créer elles aussi des filiales dans ces domaines.

– *C'est un phénomène comparable au développement de la micro-informatique et de la génétique.*

– Comme pour les biotechnologies et l'informatique, cette prolifération de nouvelles entreprises est un signe : la longévité sera assurément l'un des grands thèmes de la recherche appliquée de ces prochaines années, et elle aura un impact économique considérable. Outre le rapprochement des secteurs industriels, on voit aussi se profiler le mariage de trois technologies : celles de l'information, celles du vivant et celles de l'environnement. Les préfixes « bio », « info » et « éco » vont prendre une prépondérance encore plus grande (aux États-Unis, on parle de NBIC pour *nano*, *bio*, *info* et *cognitive sciences*). On peut imaginer que, bientôt, la maison, l'hôpital, le bureau seront truffés de puces minuscules capables de détecter des informations et de réagir en conséquence. Attention ! Je ne veux pas dire que la technologie aura réponse à tout. On sait combien notre société résiste à l'introduction des innovations. Et d'ailleurs ces nouveautés sont, à juste titre, l'objet de critiques dans plusieurs pays du monde en raison de la précipitation de certains industriels et du manque d'étude sur les conséquences de leur utilisation à grande échelle. Mais, en tout cas, on se dirige vers une aide nouvelle apportée aux personnes âgées pour leur confort de vie, mais aussi, grande révolution, dans la prévention des maladies qui sera de plus en plus individualisée. Ce qui constitue la seconde grande piste de reconversion de l'industrie pharmaceutique après les médicaments de confort.

Le tableau de bord santé

– *Qu'entendez-vous par une prévention individualisée ?*

– Plutôt que de soigner tardivement avec des médicaments supposés fonctionner pour tout le monde, mais dont on ne connaît pas les effets sur chaque individu, on va intervenir plus en amont, avant même l'apparition de symptômes, en prenant en compte le mode de vie et la personnalité de chacun : l'exercice, l'alimentation, les prédispositions génétiques, etc.

– *Une médecine pour chacun, au lieu d'une médecine pour tous. À quoi va-t-elle ressembler ?*

– D'abord, nous pourrons réaliser nous-même des bilans de santé simplifiés, avec des appareils faciles à utiliser installés, par exemple, dans notre salle de bains. Actuellement, ne s'y trouvent que deux indicateurs de base : un miroir et une balance. Bientôt, nous en aurons d'autres : un instrument pour prendre la tension par exemple et une batterie de tests, pour évaluer le taux de cholestérol et d'urée, comparables au test de grossesse que les femmes utilisent déjà très simplement. Comme les automobiles possèdent un tableau de bord qui indique le niveau d'essence, d'huile, la température du moteur, nous aurons bientôt une sorte de « tableau de bord santé » à la disposition de ceux qui le souhaitent. Des grandes entreprises comme Philips y travaillent déjà.

– *C'est amusant. Mais pour quoi faire ?*

– Il permettra d'affiner les diagnostics et les éventuels traitements. Actuellement, nous nous déterminons en fonction de seuils très arbitraires car ils sont fixés pour tout le monde. En dessous, vous allez bien ; au-dessus, vous êtes malade. Par exemple, si vous dépassez 14-9 de tension, on vous prescrit un traitement à base de béta-bloquants, de diurétiques ou d'IEC[23]. Des médicaments qui ne sont pas dénués d'effets secondaires. Même chose avec le cholestérol : au-dessus de 2 grammes par litre de sang, il faut traiter… Ces seuils déterminent la composition des médicaments de masse qui réussissent plus ou moins bien selon les individus. Or, certaines personnes vivent bien avec leur hypertension tout en étant au-delà du fameux seuil, parce que leur alimentation et leur mode de vie le leur permet. D'autres, au contraire, en dessous du seuil, auraient besoin d'être conseillées car elles ont un comportement de vie susceptible d'induire à terme des maladies dégénératives. Chacun devrait également pouvoir tester l'état d'oxydation de son corps ou la présence de « marqueurs » biologiques (comme la protéine C-réactive) dont la présence dans le sang annonce longtemps à l'avance un risque accru de maladie cardiovasculaire, de manière à réagir en conséquence. On a découvert récemment que cette protéine serait un des marqueurs les plus fiables du vieillissement. À tel point que certains scientifiques en viennent à prescrire des anti-inflammatoires comme produits antivieillissement.

Rouillé à 45%

– Il serait donc possible d'évaluer si nos cellules sont plus ou moins rouillées, comme vous le disiez au chapitre précédent ?

– Plusieurs laboratoires dans le monde réalisent déjà de tels tests[24]. Cela se fait facilement à partir d'une prise de sang ou d'un échantillon de gaz produits lors de la respiration. On obtient un bilan de l'état d'oxydation des principales molécules du corps, ce qui permet d'établir un barème personnalisé : « Attention ! Votre corps est trop oxydé, vous faites trop de sport. Si vous continuez, vous risquez d'avoir, dans deux ou trois ans, des dérèglements métaboliques susceptibles de déclencher un problème cardiovasculaire. » Avec un diagnostic de ce type, on peut alors vous recommander de suivre tel ou tel régime, de faire plutôt de la natation que de la course à pied, et d'éviter tel produit parce que vous avez une prédisposition génétique à risque. On peut aussi ajuster les traitements préventifs pour éviter qu'ensuite des maladies graves se déclenchent. On détecte en quelque sorte des symptômes prémédicaux. À partir d'un certain âge, chacun devrait faire un bilan d'oxydation, peut-être aussi un test bactériologique pour identifier les virus et les bactéries dont on est porteur, voire, dans certains cas, un test génétique pour déterminer les prédispositions dues à l'héritage familial.

– L'analyse de notre ADN deviendrait alors un test de prévention banal.

– L'avènement des « biopuces » peut effectivement la rendre plus courante : ce sont de petites pastilles (sur lesquelles ont été greffées, par liaisons chimiques, des chaînes d'ADN) capables de détecter les gènes actifs dans certaines conditions, ce qui permet de prédire si certaines enzymes vont être fabriquées en excès ou en défaut et d'identifier les personnes susceptibles de présenter, par exemple, les caractéristiques spécifiques d'un cancer de la prostate ou d'un cancer du sein. Pour le moment, les tests de ce type sont peu nombreux. Mais nul doute qu'ils vont se développer. On pourra alors adapter les traitements et doser les médicaments en fonction de la capacité des gens à les métaboliser. Dans une vingtaine d'années, il est probable que l'on proposera des bilans de santé préventifs : « Évitez tel type d'aliments, telle activité, tel environnement, et vous minimiserez les risques de développer telle maladie. »

– C'est une médecine « prédictive » qui intervient sur la probabilité d'être atteint par une maladie, sans qu'il y ait le moindre symptôme.

– Exactement. Bien sûr, elle coûtera cher. Et puis, il faut être prudent : il est bon d'évaluer le risque d'être malade à condition de disposer de la thérapie pour éventuellement y faire face. Se savoir susceptible d'être atteint par une maladie qu'on ne sait pas traiter, ce serait pire que de l'ignorer. Inutile de dire aussi que cette information prédictive doit être totalement confidentielle, conservée dans un dossier médical que chaque patient peut consulter, mais inaccessible aux entreprises ou aux compagnies d'assurances qui pourraient l'utiliser à titre discriminatoire. Imaginez une banque qui refuserait un prêt à long terme à une personne sous prétexte qu'elle risque de souffrir d'un cancer du sein en raison de ses antécédents familiaux.

Contrat de maintenance

– Encore faut-il aussi changer d'état d'esprit, et accepter l'idée de s'intéresser à sa santé avant d'être malade...

– Là encore, on renoue avec une certaine sagesse traditionnelle. L'un des grands principes de la médecine chinoise repose sur la prévention par les plantes et l'étude des rapports de forces dans le corps (le yin et le yang). Chez nous, le médecin pourrait devenir une sorte de « conseiller de vie », le conseiller de notre bionomie. L'instauration d'un médecin de référence en France va d'ailleurs dans ce sens. La prévention individualisée est une ouverture possible à la prolongation de la longévité. On peut aussi imaginer que l'on passera des « contrats d'entretien » de son corps avec certaines entreprises pharmaceutiques associées à des compagnies d'assurances.

– Un contrat d'entretien de son corps ? Comme pour la voiture ou la chaudière ?

– Pourquoi pas ? Chez soi, on amortit déjà ses équipements, en procédant à des révisions dans le cadre d'un contrat signé avec une entreprise spécialisée. On pourrait procéder de manière analogue avec son corps. Des entreprises spécialisées proposeraient des contrats en tenant compte des prédispositions familiales à certains types de maladies (cancer du sein, de la prostate, allergies, maladies cardiovasculaires) et conseilleraient tel type d'alimentation pour éviter tel type de maladie, tel sport plutôt que tel autre. De même que les voitures les plus évoluées sont désormais testées à distance, *via* Internet, par des spécialistes de la firme, on pourrait aussi effectuer à domicile un test biologique à partir d'un cheveu, d'une goutte de sang ou d'une cellule de l'intérieur de la joue, puis envoyer les résultats à un centre de soins. Les services d'assistance à domicile par téléphone assureraient le suivi. Bien sûr, il y a des risques. Une telle cybermédecine, avec des diagnostics permanents sur Internet, peut conduire à une automédication dangereuse, et à d'autres abus. Et puis il y a la question des coûts, des remboursements éventuels par les organismes de santé, les risques d'inégalités devant la maladie, sans parler du décalage qui pourrait exister entre les pays industrialisés où se généraliserait ce type de contrats de maintenance et les pays en développement dont les populations nécessitent, encore plus que nous, un suivi permanent de leur santé alors qu'elles n'ont souvent aucun accès à l'eau potable ou à une alimentation équilibrée.

– Cette « maintenance » du corps, c'est bon pour les optimistes et les fonceurs comme vous. Beaucoup de gens n'ont pas envie de regarder dans leur propre moteur. Ils préfèrent ne pas savoir ce qui s'y passe, du moins tant que leur corps fonctionne.

– C'est vrai. Certaines personnes ne voudront pas être suivies en détail comme une machine sophistiquée, et je les comprends. Cependant, d'autres, compte tenu de leurs antécédents familiaux, choisiront cette option pour éviter un vieillissement prématuré ou des maladies auxquelles elles sont davantage exposées. Je ne dis pas qu'il s'agit là d'une panacée, mais c'est en tout cas l'une des voies possibles du futur. C'est d'ailleurs celle que propose IBM Consulting Services à l'industrie pharmaceutique (avec son programme intitulé « Pharma Future » lancé en 2003) et qui préconise des médicaments ciblés et un renforcement des services personnalisés aux patients.

Des mini-organes électroniques

– Le passage d'une médecine bulldozer, qui donne le même remède à tous, à une médecine plus fine, individualisée et prédictive, va s'accompagner de technologies révolutionnaires, elles aussi. Que va nous offrir le mariage de la biologie et de l'informatique ?

– On se dirige de plus en plus vers l'installation de systèmes de contrôle directement en contact avec le corps ou implantés, capables de détecter des erreurs du métabolisme et d'y remédier. C'est ce que font déjà des appareils comme le pacemaker, le défibrillateur cardiaque, la pompe à insuline et le dispositif anti-parkinsonien. Ils vont se perfectionner. Prenez le pacemaker, par exemple : introduit sous la peau, il envoie des impulsions au cœur pour le faire battre plus régulièrement. Au lieu d'induire toujours la même vitesse de battement comme autrefois, les nouveaux appareils sont maintenant plus intelligents, ils prennent des informations dans le corps, reconnaissent si la personne court, fait l'amour, si elle a des émotions en regardant un film, et adaptent le battement en conséquence.

– *Et en cas d'attaque cardiaque ?*

– Actuellement, nous n'avons pas plus de dix minutes pour sauver quelqu'un qui vient d'entrer en fibrillation, c'est-à-dire quelqu'un dont le cœur défaille par suite d'une désorganisation complète de l'activité électrique et donc mécanique des ventricules. Il faut lui administrer une décharge avec les fameux fers à repasser dont se servent les services d'urgence. Il existe désormais pour cela des appareils individuels très pratiques, de la taille d'un gros livre, les défibrillateurs portables qui vous donnent toutes les instructions oralement dès que vous les mettez en service : « Ouvrez la chemise, placez les deux électrodes de telle façon, etc. » L'appareil calcule l'intensité de la décharge en fonction du poids et de la taille de la personne. Je suis convaincu que ce genre d'appareil, qui ont mis longtemps à être autorisés, seront bientôt aussi banals que des extincteurs.

– *Encore faut-il les avoir chez soi.*

– Ou *en* soi. Car, comme pour le pacemaker, on peut implanter dans le corps un mini-défibrillateur, avec des cathéters installés dans certaines artères, qui détecte les signaux caractéristiques d'un battement cardiaque déficient et envoie alors la décharge électrique immédiate et appropriée. Le vice-président américain Dick Cheney porte un appareil de ce type depuis le 30 juin 2001.

– *Une personne ainsi équipée est donc susceptible de recevoir, sans en être prévenu, une décharge électrique interne n'importe quand et n'importe où, même en pleine rue.*

– Mais une décharge qui lui sauvera la vie ! Même idée pour lutter contre la maladie de Parkinson : un implant inséré dans le cerveau envoie une impulsion électrique précise et stabilise les phénomènes qui induisent la maladie, conduisant à l'arrêt complet des spectaculaires mouvements et tremblements incontrôlables qui caractérisent cette maladie. De plus en plus, nous disposerons de puces minuscules implantées, de biocapteurs et de réservoirs miniatures, sortes de mini-organes électroniques capables de traiter un nombre croissant d'affections.

Un ange sous la peau

– Nous allons être en quelque sorte branchés, assistés, en permanence.

– Vous n'avez pas tout vu ! Il existe déjà des textiles intelligents : un tee-shirt, par exemple, dont les fibres portent des biocapteurs capables de détecter la composition de la transpiration, les battements cardiaques, la pression artérielle. Grâce à une puce électronique, le tee-shirt fournit ces informations à un boîtier qui les envoie par Internet à un centre médical. En cas de crise cardiaque, l'alerte est aussitôt donnée, ainsi que la position de la personne par GPS, ce qui permet de diriger les secours plus efficacement. On peut penser que, dans les années à venir, cette assistance permanente aux personnes handicapées ou à risque se généralisera…

– Avec des implants, là aussi ?

– C'est probable. Il y aura bientôt des puces implantables sous la peau, pas plus grosses qu'un grain de riz, qui vont remplir un éventail de fonctions et communiqueront avec l'extérieur *via* des relais d'antennes par satellite. À l'origine, de tels dispositifs avaient été inventés pour servir de balise : pister les animaux, les prisonniers ou les enfants de certaines personnes fortunées que l'on peut ainsi suivre à la trace en cas de kidnapping. Mais loin de ces dérives, il y a d'intéressantes, mais néanmoins inquiétantes utilisations médicales. Ce qui nécessite information et vigilance.

– *Par exemple ?*

– Une société américaine a proposé un programme baptisé « Digital Angel », l'ange numérique : il s'agit d'installer sous la peau une puce qui contient un dossier médical miniaturisé. Imaginez que vous vous fassiez renverser par une voiture. Le médecin du Samu interroge immédiatement votre dossier en posant sur la peau un petit capteur, comparable à un lecteur de codes barres. Ce qui pose la question de la « traçabilité » des individus sans leur consentement. D'autres utilisations (ou dérives) sont possibles. Pour l'anecdote, je connais un chercheur anglais qui s'est fait implanter une puce de ce type : lorsqu'il s'installe devant son ordinateur ou se présente à la porte de son laboratoire, celle-ci envoie immédiatement toutes les informations sur son identité et ses codes secrets. Sa femme porte également une puce du même genre, et il m'a raconté que, lorsqu'elle s'approchait, cela lui produisait d'agréables picotements...

– *On n'a peut-être pas besoin d'une puce sous la peau pour ça !*

– Pour ma part, le regard naturel d'une jolie femme me suffit. Ne vous trompez pas, je suis moi aussi très critique envers ces techniques trop intrusives ou invasives. Mais les puces implantables ont d'autres bienfaits, certaines seront réellement actives dans le corps. Les puces biocompatibles par exemple (faites de protéines capables de se fondre dans le corps humain) analyseront la présence de certaines molécules dans notre organisme et réagiront pour rétablir des désordres métaboliques, en délivrant les bonnes substances au bon moment sans pour autant être rejetés par les défenses immunitaires. Exemple : une puce analyse la quantité de glucose dans le sang et, si celle-ci est trop élevée, déclenche la production d'insuline par l'intermédiaire d'une pompe implantée dans la cavité abdominale. Il s'agit d'une sorte de pancréas artificiel[25]. Autre approche : implanter un miniréservoir contenant des cellules vivantes (les cellules de Langerhans) venant du pancréas et productrices d'insuline (pour éviter qu'elles soient attaquées par le système immunitaire, le réservoir est percé de trous minuscules, appelés « nanopores », qui laissent passer le glucose et l'insuline, mais pas les grosses molécules d'anticorps). C'est un exemple de ce qu'on appelle la « nanomédecine ».

– On parle aussi de « pilules intelligentes »...

– Oui. Aujourd'hui, on prend ses médicaments en suivant l'ordonnance du médecin : telle pilule toutes les six heures par exemple. Or, il est préférable pour l'organisme que le médicament soit distribué de manière régulière en petites quantités, et si possible à l'endroit voulu. C'est ce que feront les pilules intelligentes[26] qui constituent un grand espoir pour traiter des maladies chroniques du troisième âge et les maladies dégénératives.

Des organes en culture

– Tout cela relève d'une médecine très fine, c'est le moins que l'on puisse dire. Mais on n'évitera pas que les organes s'encrassent, vieillissent, et que des maladies se déclenchent à mesure que le corps se rouille. Agira-t-on là aussi comme pour les voitures, en pratiquant des échanges standards pour remplacer les morceaux usagés ?

– On le fait déjà, avec les transplantations de cœur et de reins, non sans problèmes : il y a des risques de rejet de greffe, d'abaissement des défenses immunitaires. On va aller plus loin dans ce qu'on appelle « l'ingénierie tissulaire ». Dans les vingt prochaines années, il est probable en effet que l'on remplacera les organes défectueux, ou plutôt qu'on les reconstituera. On utilisera pour cela des cellules embryonnaires, celles qui, au tout début du développement de l'embryon, ne sont pas encore spécialisées. On sait aujourd'hui les cultiver en éprouvette (ce qu'on ne savait pas faire il y a dix ans) en leur donnant des facteurs de croissance, des vitamines, des hormones, et les spécialiser à la demande pour qu'elles deviennent des cellules de cœur, d'os ou des neurones.

– Faire pousser des organes... Mais où les trouve-t-on, ces cellules d'embryon ?

– C'est toute la question. Aujourd'hui, pour disposer de telles cellules à usage thérapeutique, on utilise des embryons humains surnuméraires, surplus des fécondations *in vitro.* On se sert de la matière humaine comme d'une usine à cellules en somme, ce qui est très discutable au plan éthique. Mais il existe une autre piste : prélever des cellules de la peau du patient lui-même, les déspécialiser pour les transformer en cellules embryonnaires. Alors, il ne reste plus qu'à les traiter pour leur donner une autre identité et les faire croître de manière à construire le tissu souhaité. Plus besoin dans ce cas de passer par des embryons humains surnuméraires. Récemment, une équipe sud-coréenne a déjà réussi à obtenir des lignées de cellules souches capables de se différencier en tissus spécialisés tels que cellules musculaires, du cartilage, des tubules rénaux, de l'os et de la peau [27].

– Imaginons que mon cœur soit déglingué au point qu'il faille le changer...

– ... eh bien, on prélève quelques-unes de vos cellules de peau au laboratoire, on les cultive de manière à les faire retomber en enfance puis à leur faire fabriquer du muscle cardiaque, et on les transplante dans votre corps sans risque de rejet puisque ce sont vos propres cellules et vos propres gènes ! On régénère ainsi la partie nécrosée de votre cœur… Cette technique d'ingénierie tissulaire représente un immense espoir. Un autre principe consiste à fabriquer une charpente de molécules biodégradables sur laquelle les cellules se développent. On peut ainsi reconstituer le cartilage d'un nez écrasé ou celui d'un genou abîmé par un accident. Mais aussi, pourquoi pas ? un tissu de foie ou de reins. Jusque-là, il fallait ouvrir la cage thoracique pour extraire l'organe, couper toutes les connexions, implanter l'organe d'un défunt. Bref, de la plomberie lourde. Dans l'avenir, on reconstituera les organes et on les fera repousser *dans* le corps. On a d'ailleurs beaucoup à apprendre de la régénération animale sur laquelle travaillent de nombreux laboratoires dans le monde. Imaginez que l'on comprenne mieux pourquoi et comment repoussent une patte de salamandre, une queue de lézard, une hydre de mer. On pourrait peut-être transposer ces phénomènes à l'homme… Déjà notre corps sait régénérer une partie du foie (à condition qu'un quart environ ait été préservé), les cellules du sang, la couche extérieure de la peau, et même le bout du doigt chez des jeunes enfants.

– Et un petit morceau de cerveau ? Faites-moi pousser un petit paquet de neurones qui me redonne la mémoire !

– C'est une autre histoire… On comprend maintenant comment s'interconnectent les cellules du cerveau. Quand les neurones poussent en se cherchant, un peu comme les tiges d'une vigne vierge, ce sont des protéines situées en leur extrémité qui les activent ou les inhibent. Mais on est loin de maîtriser toutes ces connexions et de comprendre l'inextricable écheveau qu'est le cerveau. La science-fiction a encore de beaux thèmes à exploiter.

L'art de tromper les cellules

– On songe une fois encore au cancer, à ces tumeurs qui se développent elles aussi dans le corps sans respecter les règles, et qui le dévorent. Comment contrer les stratégies redoutables des cellules folles ?

– Le cancer fait des ravages dans les âges avancés. On sait que les cellules immunitaires, censées fabriquer des anticorps contre les envahisseurs, ne reconnaissent pas comme telles les cellules tumorales. Ces dernières les trompent, elles se déguisent, détournent à leur profit les réseaux sanguins pour se nourrir, et se déplacent dans le corps en créant des métastases. Les chercheurs travaillent actuellement à la mise au point de traitements originaux qui combattent les cellules malignes en les trompant à leur tour : on prélève des protéines spécifiques de la tumeur et on les transfère dans des globules blancs qui se mettent alors à se diviser rapidement et se transforment en cellules dites dendritiques qui ressemblent à des étoiles avec de nombreuses branches. Cette fois, le système immunitaire reconnaît l'agression, et il réagit contre toutes les cellules porteuses de ces protéines, celles de la tumeur et celle des métastases. On a obtenu de bons résultats avec cette technique. Mais il s'agit d'un traitement personnalisé, pour un seul individu, extrêmement coûteux. Va-t-on aller ainsi vers des médecines à plusieurs vitesses, les plus sophistiquées étant réservées aux plus fortunés ? C'est une question qu'il faudra se poser. De même pour l'imagerie médicale qui a fait de tels progrès que l'on peut aujourd'hui repérer dans tout l'organisme une tumeur de la taille d'une lentille, permettant un traitement précoce et efficace de plusieurs types de cancers. Faudra-t-il faire passer tout le monde dans ces équipements très sophistiqués pour prévenir cette terrible maladie ? À quel coût ?

– Ce sont des luttes de plus en plus subtiles pour prévenir et pour lutter contre les maladies. Mais peut-on ralentir le processus du vieillissement lui-même ? On sait qu'il existe désormais une gamme d'hormones supposées agir dans ce sens.

– Méfiance ! On connaît la DHEA (déhydroépiandrostérone), hormone naturelle qui agirait comme un chef d'orchestre envers les autres hormones, et permettrait de ralentir le vieillissement. Mais la théorie n'est pas toujours en adéquation avec la réalité : on constate que certaines personnes ont un taux de DHEA bas tout en étant sujettes à un vieillissement peu accéléré. Dans l'état actuel de nos connaissances, mieux vaut s'abstenir. Même chose pour l'hormone de croissance : elle est naturellement fabriquée par notre corps jusqu'à un certain âge et à certains moments de notre vie, quand nous faisons de l'exercice par exemple, et elle contribue sans doute à maintenir en activité certains de nos organes. Mais on n'en connaît pas tous les effets secondaires, et il est donc dangereux de s'en injecter. La mélatonine, quant à elle, peut aussi avoir des effets néfastes à terme. Une des nouvelles approches qui me semble acceptable est le Juvenon (à base d'acide alpha-lipoïque et de L-carnitine) dont nous avons parlé, l'antioxydant et l'aliment idéal des mitochondries de nos cellules (il est d'ailleurs commercialisé aux États-Unis). Entretenir ses mitochondries est un bon moyen de vieillir moins vite.

– Y a-t-il un espoir du côté de la génétique pour ralentir le vieillissement ? Réparer nos gènes déficients par exemple ?

– La thérapie génique consiste à introduire des gènes dans notre ADN susceptibles de défendre le corps contre certaines attaques. Mais il y a eu beaucoup d'échecs dans ce domaine... Ces dernières années, on a développé une autre méthode prometteuse. Dans nos cellules, la fabrication des protéines met en jeu l'ARN messager, qui est une copie de certaines parties de notre ADN. Eh bien, on peut intervenir dans ce processus en fabriquant de faux messagers (appelés ARN interférents) qui inhibent un gène donné en annulant son expression. Un processus découvert chez les plantes[28] qui a déjà donné d'intéressants résultats, notamment pour inhiber la reproduction de virus. On pourrait ainsi corriger les erreurs de copie qui surviennent au fil des divisions de l'ADN de la mitochondrie et qui sont responsables de sa dégradation au cours du temps. Ce qui est essentiel quand on sait qu'une seule mutation de cet ADN est liée, comme on l'a vu précédemment, à trois groupes de maladies des personnes âgées : l'hypercholestérolémie (trop de cholestérol), l'hypertension (tension trop élevée) et l'hypomagnésémie (manque de magnésium). On voit ici les débuts d'une véritable médecine moléculaire.

L'homme-machine

– Tout ce que vous dites est fascinant et… effrayant. On se voit âgés, bardés de prothèses, truffés de puces et de capteurs miniatures qui nous délivreront une hormone par-ci, une hormone par-là, donneront notre position au médecin pour plus de sécurité, et nous enverront une décharge si notre corps déraille. On prendra ses pilules le matin, on fera son bilan de santé quotidien dans notre salle de bains, on portera des fils dans le cerveau et notre dossier médical sur la peau… Bref, les vieux de l'avenir seront peut-être en forme, mais ils seront des machines ! Nous ne serons plus vraiment des êtres humains.

– C'est une question essentielle. Jusqu'où modifier notre corps ? Première étape : l'homme *réparé*. Nous intervenons dans le corps pour modifier des fonctions métaboliques responsables de maladies graves ou pour remplacer une partie déficiente : le pacemaker se substitue au mécanisme cardiaque, une greffe de cristallin supplée à la cataracte, une prothèse de titane remplace l'articulation déficiente… La plupart des gens sont d'accord pour de telles réparations, qui ne posent pas trop de problèmes éthiques. Deuxième étape : l'homme *transformé*. Cette fois, il s'agit d'ajouter des fonctions qui nous transforment en profondeur : on inhibe la fabrication de certaines protéines avec l'ARN interférent dont nous parlions, on modifie le cerveau pour éliminer les effets de la maladie de Parkinson, on reconstruit un foie par ingénierie tissulaire, on remplace un gène par la thérapie génique… Là, on est en droit de se demander si de telles interventions seront vraiment essentielles, si nous ne serons pas en effet trop assistés, d'autant plus que nous serons dépendants d'une logistique extérieure, ne serait-ce que pour recharger les batteries des implants.

– *Troisième étape ?*

– C'est l'homme *augmenté* : on amplifie cette fois des fonctions naturelles ou on en ajoute de nouvelles plus performantes. Par exemple, grâce à une puce installée derrière la rétine, on pourrait voir dans l'infrarouge ou l'ultraviolet, comme les abeilles (une technique qui intéresse bien sûr les militaires). On peut aussi songer à augmenter la mémoire en implantant des biopuces dans le cerveau, comme autant de minidisques. Ou, au lieu de prendre du Viagra, de se faire implanter une puce à l'endroit critique qui, reliée au cerveau, réagirait au moment où il le faut…

– La prothèse du désir ? Quelle horreur !

– Attendez ! Je suis moi aussi très critique envers une telle évolution, d'autant qu'elle risque de créer de nouvelles inégalités. Les plus fortunés pourront rajouter des fonctions à leur corps, pas les autres. On ne peut que songer aux classes sociales imaginées par Aldous Huxley dans *Le Meilleur des mondes.* Mais soyons réalistes : cela fait bien longtemps que nous avons accepté d'adjoindre à notre peau des objets qui étendent nos capacités : une montre, des lunettes, des chaussures… Nous nous sommes aussi ajouté un grand nombre de prothèses : des automobiles qui nous font aller plus vite, des ascenseurs qui nous font monter sans effort, des avions qui nous font voler, des téléphones portables qui nous font parler à distance, l'Internet…

– Tout cela reste cependant à l'extérieur de notre organisme. Peut-on accepter que l'inerte entre dans notre corps, que l'on devienne petit à petit autre chose qu'une « société de cellules », selon votre expression ?

– Dans les cinquante années à venir nous allons vivre dans l'ère de ce que j'ai appelé la biotique, mariage de la biologie et de l'informatique. Les puces facilement implantables se généraliseront et nous permettront, dans certains cas, de démultiplier nos actions. Des travaux[29] ont déjà montré que des animaux peuvent communiquer directement avec des ordinateurs ou des bras robotiques, non par la « pensée », mais grâce à des séries d'électrodes placées en des endroits précis du cerveau (les impulsions neuronales correspondant aux mouvements souhaités par l'animal sont décodées par un ordinateur, puis transmises à distance par Internet pour être transformées, à 1 000 km de distance, en actions mécaniques). Un téléphone greffé dans l'oreille, sa puce électronique directement branchée sur notre système acoustique, c'est possible… Aura-t-on envie d'une telle application ? Pour ma part, je préfère des méthodes moins invasives pour échanger avec mon environnement – la reconnaissance par les yeux, par l'odeur, par la voix. Les prothèses chimiques et physiques rendront certainement service aux handicapés et aux personnes âgées, mais il faudra être extrêmement vigilant sur les applications et les dérives possibles de ces techniques. D'où l'importance de l'information et la nécessité d'un débat public.

Débranche !

– On ne sait, en vous écoutant, s'il s'agit d'un beau rêve ou d'un cauchemar. N'est-ce pas en réalité le mythe de la jeunesse éternelle que nous poursuivons ici ?

– La fontaine de Jouvence, Oscar Wilde, Faust… Ce mythe-là est aussi vieux que l'humanité. La grande différence, c'est que ce qu'on appelait « vieux » a de moins en moins les caractéristiques de la vieillesse. Celle-ci a changé physiquement et mentalement. Ce dont nous rêvons aujourd'hui, c'est non pas de rester jeune mais de vieillir bien et de rester en forme longtemps.

– Pas si simple. Nous sommes quand même très attachés à notre apparence. Nous louons les caractéristiques de l'enfance, les arrondis, les joues bien pleines que nous associons à la douceur et à la beauté. C'est d'ailleurs tout l'objet de la chirurgie esthétique qui se développe à la vitesse que l'on connaît.

– D'autant plus rapidement que les hommes s'y mettent eux aussi. Je ne suis pas en faveur d'un usage excessif de la chirurgie esthétique, sauf dans les cas d'accident. Qu'un acteur de cinéma ou un présentateur de télévision se fasse injecter du botox, pourquoi pas ? C'est de toute façon une opération temporaire. Mais, pour le reste… Il faudrait admettre qu'il existe aussi une vraie beauté des rides. Certains centenaires ont des visages superbes, comme du bois sculpté, comme s'ils étaient travaillés par le vent. Pour ma part, je préfère garder mon visage et lui donner de la consistance de l'intérieur. Parfois, en enlevant des rides, on enlève aussi du caractère. Je crois qu'il faut vieillir avec ses rides, avec son corps, avec soi-même.

– Vivre vieux, cela devient presque un choix. Si on risque de développer dans un futur proche une sorte d'acharnement de la longévité, une obsession de la forme et de l'apparence, il est probable que certaines personnes aillent dans le sens inverse : « Non, moi j'en ai assez de cette espèce humaine orgueilleuse. Cela ne m'intéresse pas de devenir centenaire. »

– « Arrêtez le monde, je veux descendre ! » dit Woody Allen. Il y a en effet des limites à tous ces développements. Imaginons un homme de 125 ans, refait de la tête aux pieds, avec des organes reconstitués, bardé de puces et de prothèses de toutes sortes… Viendra sans doute le jour où il en aura assez. Ses amis auront disparu, il aura tout vu, et il est probable qu'il voudra arrêter, tout débrancher : le téléphone, les prothèses, les puces, son propre corps. Il voudra redevenir lui-même, en somme. Loin de nous, dans ce livre, l'idée de forcer les gens à devenir vieux. On peut très bien en effet ne pas en avoir envie. Certaines personnes préfèrent mourir vite, c'est un choix en effet. D'autres se livrent à un suicide lent, en conduisant de manière agressive et dangereuse, en continuant à fumer ou en s'imbibant d'alcool. Nombreux sont ceux qui souhaiteraient eux-mêmes mettre fin à leur vie au moment choisi. Se préparer à mourir avec sérénité et sans angoisse, c'est tout un art, et cela demande une grande sagesse. Mais si l'allongement de la vie apporte un plus à l'individu et à la collectivité, une forme de liberté, alors on peut le considérer comme un nouveau droit des hommes. Encore faudra-t-il que la société soit capable de s'adapter à cette bombe à retardement que représente l'allongement de la vie humaine, dont nous parlera François de Closets.

La contrainte de l'autonomie

–Tout cela implique aussi que chacun veuille bien prendre en charge sa propre vie. Ce qui n'est pas une évidence.

– Ivan Illich a décrit la caricature du médecin : comme le grand prêtre d'antan qui prescrit son ordonnance telle la pénitence prononcée à la sortie du confessionnal. Aujourd'hui, dans le monde et en particulier aux États-Unis, les individus revendiquent de plus en plus de prendre eux-mêmes en charge la gestion de leur vie. Ces nouvelles méthodes vont changer la conception d'un monde où l'on s'en remettait jusque-là entièrement au médecin et à l'industrie pharmaceutique. Nous serons sans doute mieux conseillés, et moins assistés. D'une manière générale, il s'agit de redonner à chacun un peu de pouvoir sur soi-même. Pour certaines maladies comme la sclérose amniotrophique latérale (la maladie de Charcot), le sida, la sclérose en plaques, il existe déjà des réseaux par Internet où les malades échangent leurs symptômes, s'échangent des conseils et se redonnent courage.

– Cela dit, l'autonomie n'est pas vraiment dans l'air du temps. Nombre de gens trouvent commode de se décharger sur les professionnels, de s'en remettre aux médecins et aux experts. Il y a un certain confort à se déresponsabiliser.

– C'est vrai. La religion aux prêtres : « Dites-moi si c'est bien ou mal, et j'irai au paradis » ; la santé aux médecins : « Dites-moi ce que je dois prendre comme médicaments, et je serai en bonne santé » ; la vie publique aux politiques : « Je vous donne un mandat, et à vous de décider »… Bien sûr, c'est confortable. À l'inverse, l'autonomie est une contrainte. Mais je crois que nous sommes prêts à l'accepter parce que nous en retirons aussi des bénéfices : se prendre davantage en charge, c'est donner du sens à sa vie, et également trouver du plaisir. On se fait plaisir en mangeant bien, en prenant conscience que l'on agit dans le bon sens pour sa santé. Culture, volonté et raison, certes. Mais aussi plaisir, émotion, partage. Il faut concilier les deux. Je crois que la responsabilisation individuelle est un phénomène plus général qui relève de l'évolution des démocraties modernes : nous ne voulons pas être dépossédés des décisions qui nous concernent, nous voulons reprendre en main certains aspects de notre vie : la vie politique, la vie culturelle, l'éducation de nos enfants et, au premier plan, notre alimentation et notre santé. Mais rappelons-le : il n'y a pas de recettes qui seraient adaptées à tous. Nous ne cherchons pas ici à proposer des modèles, mais simplement à témoigner d'attitudes de vie, tout en soulignant les énormes enjeux sociétaux, économiques, politiques et éthiques d'une longévité « démocratisée ». Et rappelons-le aussi : la technologie n'est pas une réponse à tout, elle crée parfois des effets secondaires plus graves que ceux qu'elle prétendait traiter.

– Il faut aussi rappeler que ces belles préoccupations sont celles des pays riches, seuls endroits où l'on peut se soucier à ce point de son corps, de sa santé, et où la longévité devient un nouveau luxe.

– Absolument. Tout ce que nous avons dit jusqu'à présent ne concerne que les pays développés, c'est-à-dire ceux où les populations ont la capacité de se nourrir, de se soigner, d'assurer leur hygiène. Sur les 6 milliards d'habitants de la planète, la majorité des personnes boivent de l'eau polluée qui est la cause d'une mortalité infantile dramatique et d'une mortalité des adultes prématurée. Leur alimentation, à la fois en quantité et en qualité, est déficiente : ils n'ont pas assez de nourriture, pas assez d'acides aminés, et souffrent de maladies endémiques permanentes. Ils ne meurent pas des suites d'un vieillissement prématuré, mais bien des effets de la famine, du sida, de maladies infantiles et des guerres locales. D'où l'urgence de l'éducation, de l'information et de la valorisation du rôle des personnes âgées dans les différents types de sociétés humaines.

Je m'aime

– Quant à nous, nous aurons beau ménager nos corps, le cultiver, l'assister pour vivre longtemps et bien dans notre peau, il faudra de toute façon un jour jeter l'éponge. L'immortalité, nous le disions en commençant, n'est pas de ce monde. Elle n'est peut-être même pas souhaitable.

– Nous ne sommes que des êtres temporaires voués à la disparition. François Jacob dit que la vie n'existe pas : elle n'est que le courant qui traverse les enveloppes de nos corps. André Wolf, lui, disait : « La vie est l'ensemble des phénomènes qui permettent de lutter contre la mort. » Et pour paraphraser à nouveau Woody Allen, à la suite de ces éminents prix Nobel, « la vie est une maladie mortelle sexuellement transmissible ». En d'autres termes, la vie est un sursis, dans un monde d'entropie et de désordre où tout retourne en poussière. La complexité du vivant est un état que l'on peut maintenir assez longtemps, comme d'ailleurs la démocratie, mais cela implique un travail continu sur soi, car il s'agit toujours d'un équilibre précaire entre deux extrêmes. D'un côté, le chaos, le désordre, le tourbillon qui désorganise. De l'autre, la rigidité du cristal, la stabilité, la bureaucratie qui n'évolue pas. Entre les deux, il y a la complexité qui peut devenir tourbillonnante et ne mener à rien, ou au contraire s'organiser. C'est cela, la vie : un état improbable, transitoire et fragile. Tout comme la pensée, elle nécessite une restructuration permanente.

– *Nous,* Homo sapiens *plus malins que les autres espèces, nous pourrions avoir l'ambition d'échapper à la nature et à ses cycles de vie et de mort.*

– L'homme est une cellule de la société, qui participe à un macro-organisme planétaire. On voit mal comment il peut s'y soustraire. La réponse se trouve à mon sens dans l'intensité de l'instant plutôt que dans la dilution dans une éternité insaisissable. Mais c'est une autre histoire. Pour ma part je ne résiste pas à l'envie d'appliquer à ma vie le fameux pari de Pascal. J'organise ma vie, écrivait le philosophe, comme si Dieu existait. De deux choses l'une : soit il n'existe pas, mais comme j'ai mené ma vie en mettant en œuvre des valeurs conduisant au bien, je ne perds rien en retournant au néant ; soit Dieu existe, et mon action me conduira au paradis car je serai récompensé de mes choix. Pour ma part, je me persuade que je vais vivre 130 ans (même si je n'y crois pas trop). J'ai ainsi des projets passionnants pour les soixante prochaines années, le début d'une vraie « vie en plus » à créer tous les jours. De deux choses l'une : si je meurs demain ou après-demain, j'ai vécu dans l'espoir positif et motivant de réaliser ces nouveaux projets, personnels, familiaux, sociaux ; si je vis encore vingt, trente ou soixante ans de plus, je les réaliserai progressivement. Si je gagne, je gagne tout. Si je perds, je ne perds rien !

– *Au terme de cette première partie, je ne peux m'empêcher de me demander si cette attention si grande, presque maniaque, accordée à son corps et à soi-même n'est pas un peu suspecte. Nombriliste, non ?*

– Cela passe en effet par l'amour de soi. Mais ce n'est pas égoïste que de s'aimer ! Aimer son corps, vouloir le maintenir en bonne santé, être bien dans sa peau, avoir de l'estime pour soi, ce n'est pas si facile, et c'est tout à fait respectable. Et surtout, cela profite aussi aux autres. À sa famille, à son entourage professionnel. On transmet autour de soi cette attitude positive qui vous revient par effet boomerang. Mais combien de personnes, soumises aux aléas familiaux, aux problèmes financiers, aux catastrophes, aux guerres, peuvent prononcer ces mots : s'aimer soi-même ? Il est intéressant de constater que toutes les grandes religions disent la même chose : prenez du temps, vivez sur le long terme, pensez à l'après, créez-vous vous-même, aimez les autres, essayez de comprendre le monde autour de vous, pensez à plus grand que vous, soyez humble… Cette vision converge avec ce que nous disions et avec ce dont va nous parler Jean-Louis Servan-Schreiber. Bien vivre sa longévité, ce n'est pas si compliqué, et ce peut être aussi un acte d'humanité et de générosité.

DEUXIÈME PARTIE

L'esprit

CHAPITRE 4

Les pionniers du nouvel âge

C'est d'abord dans nos pensées que s'instaure la vieillesse. Et c'est peut-être là qu'on peut la faire reculer. On verra ici comment la longévité est aussi une affaire d'état d'esprit.

La conquête de l'Ouest

– ***Dominique Simonnet** : Grande nouvelle, donc : la science et la médecine viennent de nous en informer par la voix de Joël de Rosnay : on a découvert un nouvel âge de la vie, un continent caché derrière l'horizon des 60 ans où, murmure-t-on, il fait bon habiter. Cette terre que vous explorez vous aussi semble encore bien mystérieuse.*

– **Jean-Louis Servan-Schreiber :** Les trois interlocuteurs de ce livre appartiennent à une génération pionnière qui défriche un nouveau territoire. Tout est à inventer : nos comportements, notre philosophie, notre morale d'action. C'est une vraie aventure ! Cela ressemble à la conquête des polders par les Hollandais. Ils ont su arracher de nouvelles terres aux flots. Pour nous, ce sont des décennies supplémentaires.

– *D'autres, avant vous, ont quand même abordé ce continent.*

– Dans la Grèce antique, il semble en effet que des célébrités aient eu le privilège de vivre longtemps : Pythagore est allé au-delà de 95 ans ; Sophocle, jusqu'à 90 ans ; Hippocrate, 90 ans, peut-être même 100 ans ; Diogène, 91 ans ; Platon, 81 ans… À une époque où l'espérance de vie moyenne ne dépassait pas 40 ans, c'était un bel exploit dû peut-être, qui sait ?, au fameux régime crétois. Il n'en était pas de même au cours du Moyen Âge ni au fil des siècles suivants. Le grand changement est en train de se produire : en quelques décennies, la durée de vie moyenne a considérablement augmenté, et ce qui était autrefois une exception concerne maintenant un nombre croissant d'individus, du moins dans nos sociétés où le niveau de vie est élevé. Aujourd'hui, ce sont donc des bataillons, et non plus des estafettes, qui pénètrent sur ce continent de l'âge, au-delà de 60 ans. Bientôt, il y aura des dizaines, voire des centaines de milliers de centenaires : partout dans le monde. Dès que les populations sortent du dénuement (c'est déjà le cas dans une grande partie de la Chine) et accèdent à des normes sanitaires et médicales correctes, la longévité s'accroît très vite. Elle va de pair avec la prospérité : plus le niveau de vie monte, plus la vie se prolonge…

– *Vieillir : déchoir, s'affaiblir, décatir, décliner. Vieilli : fané, flétri, fatigué, usé, défraîchi, dépassé, suranné, avachi… Le moins que l'on puisse dire, c'est que l'idée que nous nous faisons de ce territoire n'est pas très engageante. La vieillesse n'est pas vue comme un âge heureux : on l'associe irrémédiablement au déclin.*

– Tout dépend de ce que l'on entend par ce mot. Il y a d'abord la vieillesse « sociale », celle que les idées reçues nous imposent : on considère en effet les personnes âgées comme inaptes à certaines activités et dépourvues de séduction. Il y a la vieillesse attendue, celle que nous anticipons pour nous-mêmes à partir de ces idées reçues : quand le premier chiffre de notre âge devient un 5, puis un 6, puis un 7. Très souvent encore, on se conforme spontanément aux préjugés dominants, et on se résigne à passer à un état différent, celui de la retraite et de l'inaction, et à entamer un naufrage lent puisqu'il va durer plusieurs dizaines d'années. Et puis, il y a la vieillesse vécue, telle que nous sommes en train d'en faire l'expérience et dont nous découvrons avec une immense surprise qu'elle n'est pas aussi sombre qu'on le pensait. Elle ne ressemble pas du tout à ce que l'on nous avait prédit !

– Surprise d'être étiqueté « vieux » et de ne pas sentir vieux ?

– Oui. Colette disait : « L'ennui quand on vieillit, c'est que l'on reste jeune ! » Tel que je le perçois au vu de mon propre parcours, il semble que, sauf ennuis de santé, se « sentir vieux » n'est pas fatal. Les gens l'expriment quand ils sont confrontés à une circonstance douloureuse ou qu'ils souffrent d'une maladie : à ces moments-là, on se sent moins capable de faire face, nos capacités sont réduites. Mais se sentir vieux en permanence doit intervenir bien plus tard. « Après 60 ans, si on se réveille le matin sans avoir mal quelque part, c'est que l'on est mort ! » a lancé un humoriste. Eh bien non ! Il m'arrive plutôt de me dire : « Je sais que ma jeunesse va se terminer, mais quand ? » Précisons, pour la suite de notre conversation, que je parle à la lumière de ma propre expérience, forcément subjective. Rappelons aussi que je suis un homme, que mes perceptions et mes préoccupations ne sont donc pas celles d'une femme, que j'ai 67 ans et non 75 ans, et que je me trouve donc à un moment particulier de mon parcours. Je ne peux témoigner qu'à partir de mon propre vécu.

Terra Incognita

– Ces précautions prises, votre récit de voyage vers la longévité est précieux, car vous êtes en quelque sorte un pionnier, et jusqu'à présent, nous manquons de témoignages.

– Il est probablement utile de tenir le journal de bord de cette expédition. Philosophiquement, j'ai abjuré cette notion que l'on nous enseignait autrefois selon laquelle le Moi est haïssable. Je crois au contraire que le Moi est la seule approche possible d'une vérité dans la mesure où il sait rester modeste. Parler de soi n'a pas pour but de s'ériger en modèle, mais de témoigner de la seule aventure humaine que nous connaissions en direct. Elle peut être instructive pour les autres à condition qu'elle soit authentique et qu'elle rende compte aussi bien des difficultés que des plaisirs. Car, tout au long de notre vie, nous sommes confrontés à des situations nouvelles, et nous nous interrogeons. « Comment les autres se débrouillent-ils ? Comment ont agi mes parents ? Comment feraient mes amis ? » Nous avons besoin de récits de vie qui nous aident à aborder des moments exceptionnels, à surmonter une dépression, à lutter contre une maladie, à choisir des attitudes devant des situations inédites ou délicates.

– La longévité incite donc à se poser une foule de questions.

– Oui. Puis-je le faire ? Dois-je le faire ? Est-ce dérisoire ou est-ce ridicule ? Est-ce légitime ? Mes capacités, mes perceptions se transforment. Est-ce que je me rebelle ? Est-ce que je compense ? Dans cette période de la vie, j'ai l'impression que tout doit être ré-évalué, que notre système de pensée doit être revalidé. Jusque-là, on pouvait se raccrocher à un socle de valeurs communes pour mener sa vie et assumer ses responsabilités familiale, parentale, amoureuse, toutes choses largement traitées dans les médias et la littérature. On pensait pouvoir trouver un guide de comportements. Arrivé dans cette zone des tempes grises, on ne sait plus rien. Les statistiques sur les comportements sexuels, par exemple, s'arrêtent à 50 ans… Ce qui suggère implicitement qu'après notre « ticket n'est plus valable », selon l'expression de Romain Gary. Chacun doit explorer sans repères ce nouveau territoire.

– On entre dans le brouillard, un peu comme à l'époque de l'adolescence.

– Ce nouvel âge ressemble en effet à une autre adolescence. Certains l'appellent d'ailleurs la « maturescence ». Les adolescents se posent d'innombrables questions : « Suis-je normal ? Est-ce naturel de penser cela, de faire cela, d'avoir envie de cela ? Suis-je comme les autres ? Vais-je être accepté comme tel ? » Eh bien, ça recommence après 60 ans ! Dans les âges de la maturité, on avait l'impression d'être sur des rails. Et voilà que, de nouveau, on se trouve dans l'incertitude. De nouveau, on découvre des aspects de la vie auxquels on n'était pas préparé. La différence, c'est que l'horizon temporel s'est radicalement transformé : cette fois, on voit se rapprocher la fin de l'histoire sans forcément en éprouver les prémices physiques. À ce moment-là, nous avons le choix : soit céder du terrain, soit se lancer des défis. Se résigner ou lutter.

– Mais nous n'entamons pas tous ce voyage avec le même équipement, ni les mêmes atouts, ni la même préparation. Notre corps est différent, notre état d'esprit l'est aussi.

– Nous ne sommes pas égaux face au vieillissement. La fragilité accrue de cette période de la vie met en lumière de grandes injustices. Notre bagage génétique détermine en partie notre destin, et nous n'y pouvons rien. Pour entamer la vieillesse de la manière la moins pénalisante possible, mieux vaut que nos choix de vie antérieurs ne nous aient pas trop abîmés. Les accidents physiques deviennent plus fréquents. Il peut nous arriver des ennuis à tout instant. Si on se casse une jambe à 70 ans ou que l'on contracte une hépatite, on risque de sortir durablement diminué de cette épreuve : on subira des transformations physiques que l'on maîtrisera plus difficilement et qui nous obligeront probablement à quelques renoncements. Si nos muscles se sont atrophiés par exemple, ils retrouveront plus difficilement une bonne tonicité. Une blessure cicatrise plus lentement. Vieillir, c'est progresser dans une zone minée. Mais puisque nous n'avons pas le choix, autant se donner les chances de la traverser au mieux. La première de nos priorités, c'est de veiller à rester en bonne forme.

Préparer la traversée

– C'est-à-dire, comme l'a exposé Joël de Rosnay, entretenir, « manager » son corps, être au mieux de sa forme pour la traversée.

– Bien sûr. Cette prise de conscience devient vitale, et elle a des conséquences très concrètes. Vivre cette période de l'existence dans de bonnes conditions est d'abord affaire de volonté et d'attitude, mais la volonté ne suffit pas si le corps ne suit pas. Il faut donc d'abord cultiver son jardin, c'est-à-dire sa carcasse. Gaston Defferre, qui était un grand navigateur et adorait la voile, disait : « La mer ne pardonne pas les conneries. Si l'on a oublié quelque chose ou si l'on a mal arrimé un objet essentiel, on peut être sûr d'en subir les conséquences au plus mauvais moment. » C'est dans le nouvel âge, celui de la longévité, que l'on risque de payer les négligences et les erreurs d'autrefois. J'ai un jour participé à la course du *Figaro*. Nous étions regroupés par tranches d'âge de cinq ans. J'ai été frappé de voir à quel point il existait des disparités entre gens d'un âge proche, selon l'attention qu'ils avaient accordée à leur corps ou selon les cadeaux que la nature leur avait ou non offerts. Et encore, tous ces participants étaient par définition encore capables de courir.

– Le nouvel âge, c'est donc le moment de passer à la caisse, en somme.

– Ou d'engranger les résultats d'une politique personnelle que l'on a menée à l'égard de son corps pendant les années précédentes. Le solde peut être positif. Pour ma part, j'ai eu la chance d'avoir présent à l'esprit, dès l'âge de 25 ans, l'horizon du vieillissement. J'étais déjà conscient que mes actes pouvaient avoir des conséquences à long terme, et qu'il ne fallait pas trop jouer avec ça.

– Reconnaissez-le, une telle attitude n'est pas courante. Il n'est pas fréquent de songer à la vieillesse à un âge où l'on brûle la vie par les deux bouts. On n'y attache pas beaucoup de prix en tout cas.

– On a tort. Il faudrait déjà se préoccuper du « management » de son corps sur la durée, cher à Joël de Rosnay, et de sa bonne gestion physique. Pour ma part, c'est le moment où j'ai commencé à pratiquer la gymnastique tous les jours. Je m'étais promis de la poursuivre au moins jusqu'à 50 ans, pensant naïvement qu'ensuite ça ne vaudrait plus la peine. Or, arrivé à cet âge, j'ai réalisé que les choses ne faisaient que commencer. Il est plus sécurisant d'aborder cette période de la vie si on dispose d'un corps en bon état. Si celui-ci a besoin de gros travaux de restauration, on risque de capituler devant l'ampleur de la tâche et de laisser aller. Je croise des gens de mon âge qui semblent avoir capitulé devant leur corpulence, l'état de leurs muscles, leur cœur, toutes choses qui auraient pu marquer une grande différence pour leur santé et leur bien-être. Il y a heureusement des moyens de lutter contre cette décrépitude.

– Ceux que nous avons évoqués avec Joël de Rosnay.

– Oui. Une bonne alimentation (elle peut diminuer les risques de cancer de 20 à 30 %, ce qui n'est pas rien), la poursuite d'une activité intellectuelle, une respiration bien entraînée (on ne fait pas assez attention à la maîtrise du souffle), une certaine activité physique quotidienne (et pas seulement deux heures de marche le dimanche), la confiance en soi... Cela paraît à la portée de chacun. Les quatre secrets des centenaires sont, paraît-il, d'être nés dans une famille de longs vivants, d'avoir envie de vivre, d'être un peu égoïste et d'avoir de la chance.

Le front intérieur

– Vous nous délivrez donc le même message que Joël de Rosnay : le vieillissement n'est pas une fatalité. C'est aussi un choix.

– Bien sûr ! Certaines personnes se résignent à vieillir, elles courbent l'échine et adoptent une attitude qui accélère le processus. Pourquoi ? J'imagine que cela vient des déconvenues de l'existence qui nous réservent souvent de mauvaises surprises, professionnelles ou privées. Pour supporter ces déceptions, on peut être tenté d'adopter une posture de vieillissement qui exige moins de soi. C'est une manière de réduire la voilure, de ne pas donner prise aux vents contraires. On trouverait ainsi un avantage à devenir vieux.

– Pas facile d'aller à contre-courant... Il y a également les anniversaires qui tombent comme des couperets. On se dit : « Bon, j'ai

tel âge, je vieillis », et on se conforme donc à la vieillesse sociale dont vous parlez, à l'image que l'on croit être celle de son âge.

– Certaines personnes semblent s'apitoyer sur leur sort quand elles franchissent le cap d'une décennie. Je ne vois guère d'avantages à cette célébration de son propre déclin. Ces gens-là cèdent en fait à des rituels sociaux qui les éloignent de plus en plus du cœur des choses. Pour moi, la notion d'âge résulte plutôt d'un travail quotidien, modeste, fait de petites choses, de petites convictions. Je ne me dis pas : « Je suis moins qu'hier », même si c'est biologiquement inéluctable. Je cherche au contraire à maintenir le plus longtemps possible ce que j'estime essentiel pour me sentir bien dans la vie. À chacun de choisir ses propres critères.

– Si je comprends bien, au lieu de céder à l'illusion d'être vieux, chacun dispose d'une marge de manœuvre. En somme, on peut décider de ne pas vieillir tout de suite.

– À notre époque, l'individualisme s'accentue au point même d'être critiqué (mais quelle serait l'alternative ?). Au moins, nous pousse-t-il, dans tous les domaines et à toutes les époques de la vie, à exercer des choix. Soit nous plier à une norme et être ballotté par les circonstances, soit résister en tentant un parcours personnel. C'est encore plus vrai devant le vieillissement. Il s'agit de se lancer un défi à soi-même, et non pas au reste du monde, car, là, on sera toujours perdant. Inévitablement, il arrive un moment où le combat se joue entre soi et soi. À la fin de la campagne de France, Napoléon a mené des batailles superbes, dans un mouvement de retraite. Il était sur son territoire, il se battait en France après avoir conquis l'Europe. Quand on est vieux, c'est la même chose : on se bat chez soi, en retraite, mais on peut continuer à se battre. Le nouveau terrain de bataille est celui de son propre corps et de sa propre attitude. Et le combat sur ce front intérieur a un vrai sens philosophique, celui d'approfondir l'expérience de la vie.

– À condition que l'on y aille bien armé, ce qui ne dépend pas toujours de soi.

– J'ai connu des gens qui semblaient avoir pris toutes les précautions d'hygiène de vie et, tout à coup, ont été frappés par un infarctus. Nos efforts ne sont pas forcément récompensés. Ce n'est pas une raison pour baisser la garde. C'est un peu comme sur un champ de bataille : des gens tombent autour de nous, de plus en plus nombreux avec l'âge. Le jour où notre tour viendra, essayons d'avoir au moins la satisfaction d'avoir bien vécu jusqu'à ce moment-là ! Il ne faut pas sous-estimer le pouvoir que nous pouvons exercer sur cet instrument incroyablement fragile et merveilleux qu'est notre corps. Aux États-Unis, certaines personnes font des procès à des fabricants de cigarettes ou à des distributeurs de fast-food, les rendant responsables des risques qu'ils ont courus en fumant ou en mangeant trop. Comme si c'était la responsabilité de quelqu'un d'autre de prendre en charge leur propre vie ! Dans ce domaine, je n'ai jamais imaginé que je puisse me plaindre à qui que ce soit d'autre qu'à moi-même ! C'est la première des attitudes à adopter pour aborder la longévité : accepter, revendiquer même, d'être seul responsable de soi.

Petits bénéfices

– Pour beaucoup de gens, la vieillesse s'accompagne d'un renoncement. Après tout, pourquoi ne pas lâcher prise, vivre plus doucement en réduisant ses ambitions et en s'abandonnant au destin ? On pourrait y voir une forme de sagesse…

– Le laisser-faire, le lâcher-prise peuvent légitimement nous tenter. Pour être franc, j'ai l'impression d'osciller souvent entre les deux attitudes dont nous parlions : renoncer ou résister. Je ne veux pas non plus me raconter des histoires et m'imaginer pouvoir vaincre ma condition de mortel vulnérable. Mais, dans le même temps, je me dois d'essayer de le faire ! Cette ambiguïté se trouve dans la nature humaine elle-même. La longévité est un combat que nous finirons par perdre, mais il faut quand même le mener car il est porteur de sens. S'il est certain que je ne triompherai pas, je peux quand même jouir de chaque journée et tenter d'embellir chaque moment qui reste.

– Il faudrait donc faire preuve de volontarisme face au vieillissement.

– Je pense en effet qu'il faut l'aborder avec détermination, y compris, s'il le faut, dans le renoncement. Mais, dans une phase déclinante de sa vie, agir me paraît le meilleur rempart contre le désespoir. Car, en agissant, je suis sûr d'être vivant. Et que puis-je souhaiter de mieux ? Quand je regarde en arrière, je me rends compte que les vraies satisfactions, les plaisirs, les bonheurs m'ont été apportés non pas par les grands événements de ma vie ou par quelques triomphes, mais plutôt par une trame quotidienne heureuse. J'aime cet aphorisme de Cioran : « On ne peut goûter la saveur des jours que si on renonce à l'obligation d'avoir un destin. » Rétrospectivement, on comprend que les petites choses que l'on a accomplies sont peut-être insignifiantes. Mais le plaisir de les avoir connues, lui, était dans l'instant bien réel.

– Voilà l'un de vos grands principes : ce que l'on fait pour l'avenir, on le gagne aussi pour le présent.

– Exactement. Il y a toujours un gain. Je me contente très bien de petits bénéfices pris au jour le jour. C'est d'ailleurs l'une des grandes découvertes de l'avancée en âge : le temps et les sensations se valorisent, alors que notre capital se réduit à vue d'œil. On peut le voir comme une tragédie ou au contraire comme une intensification de la satisfaction. Je préfère la seconde option. De toute façon, nous fabriquons nous même notre espoir : celui de continuer à avoir au moins une belle journée demain, et le jour d'après, et pourquoi pas la semaine qui suit, et pourquoi pas toute l'année ? N'est-ce pas suffisamment motivant pour justifier nos efforts ?

L'autre statue de la Liberté

– Jolie philosophie. Mais n'est-ce pas aussi une forme de repli sur soi, de renoncement au monde ?

– Il ne s'agit pas d'un repli sur soi. Mais d'un recentrage. Dans nos sociétés, nous valorisons l'interaction avec notre entourage et notre environnement, même au détriment de notre jardin intérieur. Il s'agit maintenant, au contraire, de le cultiver, pour retrouver ce que nous avons de plus précieux en nous. Quand j'étais enfant et que je pensais à la mort, je me disais : « C'est terrible. Un jour, tout cela va continuer et je ne serai plus là pour le voir et en profiter. » Je songeais au progrès, aux découvertes futures, à des événements fabuleux dont je serais absent. Cela me paraissait le plus grave inconvénient de ma disparition. Aujourd'hui, je m'y intéresse moins. En vieillissant, on devient moins dépendant de l'extérieur et plus à l'écoute de l'intérieur. On rapatrie en soi ses raisons de vivre, on vit de plus en plus sur ses propres ressources. On pourra quitter le monde d'autant plus en douceur qu'on aura déjà commencé à s'en distancier.

– Ne pas renoncer au monde, alors, mais en tout cas se montrer moins conquérant, plus humble, c'est cela ?

– Absolument. L'humilité, vertu essentielle à toutes les époques de la vie, prend toute son importance avec l'âge. C'est donc le moment de s'en faire une bonne provision ! Nous mesurons chaque jour le peu d'importance que nous avons. Il nous faut renoncer à toute velléité de triomphe à l'extérieur. C'est en nous que nous trouvons la gratification, dans le simple enchaînement des jours, dans la conscience de pouvoir encore voir, sentir, respirer, exister... Finalement, c'est la vie elle-même qui est notre cadeau permanent et extraordinairement stimulant ! Peu importe si l'issue est toujours fatale. L'important, c'est la perception que l'on a de soi-même, et son bien-être. Cela ressemble à l'état amoureux. Oscar Wilde disait : « Être amoureux, c'est survaloriser quelqu'un. » Vivre la longévité demande peut-être à se survaloriser soi-même. Pourquoi pas si cela nous fait plaisir et nous apporte un surcroît de vie ? Philosophiquement, je traque l'illusion. Mais, dans la vie courante, une pincée d'illusion n'est pas détestable si elle est prise avec lucidité : même si je n'en suis pas vraiment dupe ça peut m'assurer des instants plus agréables.

– On dit que le temps passe de plus en plus vite à mesure que l'on vieillit. Cela n'arrange pas nos affaires.

– Je ne peux parler que de ce que j'ai vécu et de ce que me disent les autres : en effet, le temps s'accélère. Dans notre enfance, les vacances nous semblaient interminables. Lorsqu'on nous disait : « Tu auras une bicyclette l'an prochain », c'était comme si on nous la refusait pour toujours. Une heure d'attente nous paraissait un siècle et nous faisait mourir d'ennui. Quarante ans plus tard, quand je regarde en arrière, je me dis : « Mais c'était hier ! » Vingt ans, cela passe très vite (sauf en prison). Dans l'enfance, nous sommes soumis à peu de sollicitations, nous jonglons encore avec peu de boules et, de ce fait, le temps nous paraît ralenti. Puis viennent les occupations, les contacts, et le temps se fait soudain fugace, nous avons constamment l'impression d'en « manquer ». Pourtant, nous disposons tous et chaque jour des mêmes vingt-quatre heures. En fait, notre perception varie selon la manière dont nous les remplissons. Avec l'âge, le temps semble se raréfier parce que nous aimerions encore accomplir tant de choses, parce que l'horizon se rapproche. Adolescent, j'ai eu la chance de découvrir pour la première fois l'Amérique en arrivant à New York par bateau. Mes parents m'avaient dit : « Tu verras, tu apercevras à 6 heures du matin, dans le lointain, la statue de la Liberté… » À 15 ans, c'était une vraie émotion. Aujourd'hui, c'est la statue de la Faucheuse que je devine dans la brume… À une femme qui lui disait : « Ah ! maître, je sais que vos instants sont précieux », Sacha Guitry, vieillissant, répondit : « Non, madame, ils sont comptés ! »

Inventer un sens à sa vie

– *Puisque, une fois dans le nouvel âge, les instants sont en effet comptés, il faudrait donc tout faire pour les enrichir.*

– Exactement. La mauvaise nouvelle, c'est qu'au-delà d'un certain âge il ne nous reste plus beaucoup de temps. La bonne, c'est que celui-ci peut être plus savoureux. Voilà pourquoi il faut valoriser chaque heure, en apprécier la densité et la valeur comme on le fait avec ses derniers jetons au casino. Notre sensibilité à la durée devrait s'aiguiser avec la longévité : le temps est en somme notre sixième sens. Bien sûr, je parle en sexagénaire, et non en octogénaire. Je sais que cela changera. À

80 ans, compte-t-on en jours, en heures ? Plus l'horizon se restreint, plus on doit se rabattre sur le quotidien.

– Mais pourquoi s'obstiner à vivre longtemps ? Dans quel but finalement ?

– C'est en effet la question la plus importante : quel sens donner à ce nouvel âge ? Eh bien, c'est à nous de l'inventer ! Dans notre vie, il y a un âge pour se construire, un âge pour étudier, un âge pour procréer, un âge pour travailler… Nous suivons tous à peu près les mêmes phases d'existence. Mais, avec la vieillesse, nous abordons l'inédit. Nous retrouvons une sorte d'indépendance, comme une ultime libération. Mais en effet pourquoi faire ? Il nous revient de donner un sens à ce supplément d'existence. On ne peut le justifier uniquement par la volonté de durer le plus longtemps possible.

– Alors par quoi ?

– Il nous faut quelque chose qui relève de la vie intérieure, de l'estime de soi ou de l'amour des autres. Ce nouvel âge, c'est aussi le moment de se poser des questions philosophiques et spirituelles. Quelle part d'égocentrisme puis-je désormais accepter sans pour autant me refermer sur moi-même ? Puis-je trouver en moi de nouveaux talents, de nouveaux désirs ? Quelles activités m'est-il encore permis de découvrir ? N'est-ce pas le moment d'être plus disponible pour les autres ? Comme à l'adolescence, le clavier des possibilités s'élargit, l'horizon s'ouvre à nouveau. Chacun n'est pas tenté de se lancer dans un tour du monde à la voile, bien sûr. Mais à condition, bien sûr, de ne pas être cloué au sol par une maladie ou par une douleur psychique, et dans la mesure où nous disposons d'une liberté d'action physique et financière, il y a une multitude de petits défis que nous pouvons relever. Je me souviens d'un oncle qui, dans les années 1950, approchait de 80 ans et conduisait encore sa voiture à l'étonnement de sa famille. « Mais pourquoi continues-tu à conduire ? lui a-t-on dit. Cela ne se fait plus à ton âge ! » Pour toute réponse, il a demandé à la RATP de lui faire passer le permis de conducteur d'autobus !

CHAPITRE 5

Dans le regard des autres

On est vieux parce que les autres ont décidé qu'on l'était. Mais on peut tenter de les convaincre du contraire. Petit guide pour vivre plus longtemps et moins vieux qu'on en a l'air.

Déclaration d'indépendances

– *Pour bien vivre ce nouvel âge, il est évident qu'il ne faut pas trop être tributaire de l'extérieur. L'indépendance est bien l'élément clef de notre kit de longue vie, n'est-ce pas ?*

– Sans aucun doute. Et d'abord, l'indépendance physique : pouvoir se nourrir, se déplacer, entretenir sa maison... Ces aptitudes fondamentales semblent aller de soi jusqu'au jour où, soudain, un escalier de dix marches apparaît comme un obstacle... L'autre nécessaire indépendance est bien sûr financière : il est important de n'avoir besoin de personne pour subvenir à ses ressources. Il n'y a qu'une génération, la seule question qu'avait à se poser ma grand-mère maternelle, passé l'âge de 60 ans, c'était avec laquelle de ses deux filles elle allait habiter. Car alors on n'envisageait pas d'autres solutions pour les personnes âgées. Dans les films des années 1950, l'image du vieux est incarnée par Jean Gabin en patriarche, assis au bout de la table de la ferme, en train de maugréer. Les choses ont bien changé. La médecine a fait des progrès, et les retraites ont atteint un niveau convenable, à condition bien sûr d'avoir bien géré sa carrière (ce qui est provisoirement plus vrai pour les hommes que pour les femmes). Aujourd'hui, plus nombreux sont les personnes âgées qui vous disent avec une fierté légitime : « Moi au moins, je n'ai pas besoin de réclamer de l'argent à mes enfants ! » Il reste rare, mais pas exceptionnel, de voir des femmes de 90 ans habiter seules et tenir à tout prix à rester indépendantes financièrement et physiquement. Leur proportion va s'accroître d'ici dix à vingt ans quand les baby-boomers, dont la retraite sera plus substantielle, entreront dans leur quatrième âge.

– L'indépendance financière des femmes a gagné énormément en quelques décennies, essentiellement parce que, grâce à la contraception, elles ne sont plus écrasées par la charge d'un grand nombre d'enfants et qu'elles ont souvent un emploi. Mais certaines d'entre elles, veuves ou divorcées, qui n'ont pas travaillé assez longtemps, se retrouvent pénalisées et en situation de grande détresse.

– Il existe encore en effet une grande précarité. C'est pour cela que l'indépendance doit être une préoccupation tout au long de sa vie, tout comme le bon état de son corps pour éviter de se retrouver un jour, comme la cigale, fort démuni. Je trouve très préoccupant de voir aujourd'hui les jeunes entrer dans la vie active en occupant des emplois précaires qui leur feront perdre cinq ou dix ans dans la constitution d'une vraie retraite. Les conséquences de la crise de l'emploi vont nous perturber longtemps. L'autonomie affective est plus aléatoire encore. Tout dépend du contexte familial. Aborde-t-on ce nouvel âge en solitaire ou en compagnie ? Si le couple subsiste, l'union est-elle agréable ou pesante ? Il y a bien sûr une part de malchance, et on n'y peut rien. Tout le monde ne vieillit pas généreux ou aimable. Et les dégradations de la santé de l'un sont lourdes à vivre pour l'autre. L'une de mes amies, âgée de 70 ans, se voit passer sa vieillesse comme garde-malade, car son mari est atteint d'une maladie dégénérative, mais lente.

– Indépendance affective, dites-vous. Qu'entendez-vous exactement par là ?

– Pour les personnes âgées, les liens familiaux prennent une importance centrale. Très souvent, elles reportent sur les plus jeunes, leurs enfants et petits-enfants, ou neveux et nièces, une attente un peu lourde. Elles leur réclament de plus en plus de signes d'intérêt sans comprendre qu'ils vivent dans un autre univers où ils sont déjà sollicités de toutes parts. Le pire est d'entrer dans une comptabilisation affective : « Cela fait une semaine que tu ne m'as pas appelé… Tu ne viens jamais me voir… » Quand on aime, dit-on, on ne compte pas. Mais on ne peut pas toujours s'en empêcher.

Un égoïsme modéré

– Comment alors se comporter face aux autres ?

– La meilleure des solutions serait de rester désirable. Même si ce n'est plus sexuellement, on peut au moins adopter un comportement qui fasse que l'on continue à avoir envie de vous fréquenter. Néanmoins, tout en recherchant le contact des autres il vaut mieux ne pas trop en attendre. C'est un réalisme attendri qui doit nous habiter. Ne nous rendons pas encore plus vulnérables aux déconvenues. Les autres ne sont pas différents de nous, ils s'intéressent d'abord à eux-mêmes. Et l'une des nécessités quand on prend de l'âge, c'est de ne pas s'oublier soi-même. Dans la relation de couple, dans l'amitié, dans la famille, le principal cadeau que peuvent vous faire les autres est leur présence et leur vitalité. Si on exige en plus qu'ils soient attentifs, qu'ils nous comprennent, on prend le risque d'être déçu.

– Il faudrait donc faire l'inverse, s'intéresser aux autres plutôt que d'attendre trop d'eux ?

– Cela fait aussi partie des évidences mal comprises. Le don est aussi une forme de cadeau que l'on s'offre à soi-même. Mais le plus intéressant, devrait être de *se* donner en demeurant une personne enrichissante. Cela peut se nicher dans un regard, un sourire, une voix aimable au téléphone. À nous de faire en sorte que l'on ait plaisir à nous entendre, à nous rencontrer, à communiquer avec nous. Mais cela suppose une forme de discipline. Un exemple : souvent, quand on se trouve dans une file d'attente ou devant un guichet, nous changeons de comportement, nous nous irritons pour un rien, nous nous montrons déplaisant. Eh bien, adoucissons-nous ! Ce n'est pas parce que nous sommes avec des anonymes qu'il faut se laisser aller à devenir revêche.

– Est-ce à dire que la longévité implique de porter un regard plus tendre, plus tolérant, sur le monde et les autres ?

– Plutôt un regard réaliste. Il ne s'agit pas de fondre d'amour pour la Terre entière, mais de parler plus gentiment à son marchand de légumes. De surcroît, si je parviens à le faire, c'est aussi bon pour moi ! Je me sentirai mieux en adoptant une telle attitude. Et j'augmente mes chances de recevoir en retour. Certaines personnes âgées savent très bien doser cette alchimie-là, elles ont un instinct pour se rendre agréables. Souvent, leurs petits-enfants nouent une relation forte avec elles, parfois meilleure qu'avec leurs parents, parce que les enjeux d'autorité sont moindres. Mais là aussi, on se heurte à un paradoxe : on a le plus grand intérêt à se rendre disponible aux autres, mais en restant indépendant de ces derniers car, parfois, ils utilisent notre générosité puis nous ignorent. Encore un domaine où la recherche du bon équilibre est délicate et quotidienne.

– Cela implique une lucidité et une sérieuse conscience des limites pour ne pas tomber dans un égocentrisme insupportable qui éloignerait des autres.

– L'intelligence de la longévité, c'est de percevoir à tout moment jusqu'où on peut aller pour s'occuper de soi-même tout en ne se rendant pas insupportable. Cette question se pose dans chaque détail quotidien. Le vieux a hélas vocation à irriter les autres, car il est le spectacle de ce qui les attend bientôt. C'est injuste mais c'est comme ça. Arrêtons de nous plaindre, et rendons-nous acceptables. Et continuons à regarder un peu au-delà de notre cercle immédiat. L'idéal est de trouver ou maintenir d'autres réseaux relationnels : une association, des amitiés, des activités organisées. Certes, il n'est pas forcément tentant de se retrouver avec des inconnus avec lesquels nous partageons une seule chose : l'âge. Car leur spectacle nous rappelle à tout instant notre propre diminution.

– Certains sexagénaires cultivent l'égocentrisme sans le moindre scrupule.

– On parle même d'un nouveau modèle, les *Baby Boomers No Savings* : les plus de 60 ans qui décident de « s'éclater » et se fichent de tout le reste. Ils ne veulent pas devenir les baby-sitters de leurs petits-enfants, partent voyager, et claquent toutes leurs économies sans se soucier de laisser le moindre héritage. Est-ce condamnable ? Les grands-parents trop souvent sollicités se rebiffent. Ne voit-on pas souvent de jeunes adultes traiter leurs parents comme des prestataires de services gratuits ? Il est légitime que ces derniers rechignent et osent dire : « Non, merci ! » La longévité en bonne forme s'accompagne de nouveaux droits.

Dis-moi, gentil miroir…

– Rêvons alors à plus de tolérance, plus d'ouverture d'esprit, plus de connaissance de soi… Ce qui demande une grande faculté d'adaptation. Pourtant, on dit qu'à 70 ans, on ne change plus !

– C'est une idée toxique et fausse. La détresse relationnelle à 70 ans n'est pas une fatalité. Mais, pour y remédier, il faut se secouer. Il est vain de penser qu'après un certain âge on a droit à la considération générale, au respect universel et à l'amour de chacun. On a droit à la retraite, à une sécurité matérielle, ce qui n'est pas rien. Mais, pour le reste, il faut continuer à pédaler ! Cultivons plutôt un égoïsme modéré, et ayons à tout moment à l'esprit cette évidence : si je ne fais pas attention à moi, personne d'autre ne le fera plus que moi !

– J'imagine pourtant que, malgré tout, on devient plus sensible au regard des autres.

– On est plus sensible à son propre regard, à ce que dit le miroir ! Et même si on ne perçoit pas toutes les différences au jour le jour, les vieilles photos sont là pour nous les révéler. Alors, on oscille entre deux attitudes : accepter stoïquement le jugement des autres ou faire tout ce que l'on peut pour le rendre plus indulgent, en veillant en premier lieu à notre aspect physique. Je suis frappé de constater que beaucoup de gens se déguisent en vieux, s'habillent en vieux, marchent en vieux, regardent en vieux. Ou ils se laissent grossir ou ramollir, affichant leur abandon de soi. Rien ne les contraint pourtant à une telle attitude.

– Il faudrait donc résister là aussi ?

– J'en suis persuadé ! La longévité, c'est aussi un art de vivre, une recherche de style. On nous parle toujours de valeurs morales, de santé, et on oublie l'apparence. Or, une existence sans esthétique perd un de ses charmes. Là aussi, nous avons le choix : à tout moment, on peut opter pour une allure de vivant (ce qui ne veut pas dire de jeune) ou de retraité. Ce n'est pas toujours possible, mais n'oublions pas au moins d'essayer.

– Ce qui veut dire abandonner un ensemble d'idées reçues que l'on colle à la vieillesse : l'austérité, la grisaille, les couleurs de muraille.

– On peut s'habiller en cacatoès si l'on veut ! À condition que cela nous aille bien. Que d'élégances sont possibles ! La première, c'est quand même celle de notre corps. Un homme peut facilement adopter des vêtements de couleur un peu passées, et faire confiance à sa silhouette. Mais si le corps est déformé, il sera difficile de lui redonner de l'élégance. D'où, une fois encore, l'importance du travail inlassable et nécessaire à accomplir pour son corps et l'attention à accorder à son alimentation. Aujourd'hui, un nombre croissant d'hommes et de femmes en sont conscients. Bien sûr, il y a une limite : même si on a l'impression de se tenir le mieux possible, les autres voient bien que vous n'êtes plus jeune. Il faut donc savoir repérer la frontière du ridicule. En cela, les conseils de ceux qui nous aiment sont précieux : ils peuvent nous aider à ne pas basculer dans le pathétique.

L'automne des femmes

– Ni dans l'acharnement de la chirurgie esthétique que nous évoquions avec Joël de Rosnay.

– La recherche frénétique de la jeunesse se manifeste désormais dès la trentaine, voire à l'adolescence. Tout dépend de l'importance que l'on donne aux symboles, à la performance sportive pour les hommes, à l'aspect physique pour les femmes. Certains hommes veulent maintenir leur capacité physique au-delà du raisonnable, certaines femmes s'habillent comme des jeunettes pour ressembler à leurs filles… Au-delà d'un certain âge, même si on estime se trouver en bon état, on n'a pas intérêt à rivaliser avec des gens plus jeunes. Heureusement d'ailleurs ! On oublie parfois que ceux-ci nous envient pour d'autres raisons, parce que nous diffusons par exemple une sérénité attirante. Mais, pour éviter ces écueils, il est bon de s'être aménagé d'autres champs où déployer ses capacités.

– Il y a, sur ce point, une inégalité entre les sexes. On montre quand même généralement moins d'indulgence pour les femmes que pour les hommes.

– C'est juste. En matière de séduction, les hommes ont leur meilleure part à l'automne, les femmes l'ont au printemps. Elles sont plus dépendantes de leur apparence physique, et les signes de vieillissement apparaissent plus tôt. Passé 55 ans, certaines d'entre elles se coupent les cheveux, se laissent blanchir et portent des tailleurs. Elles se masculinisent. D'autres savent maintenir leur féminité très longtemps. Mais souvenons-nous que, pour Balzac, la femme de 30 ans était sur la pente descendante. Aujourd'hui, 30 ans est l'âge du premier enfant. Mais les femmes, c'est vrai, doivent faire appel à d'autres ressources plus rapidement. En ce sens, elles ont un avantage : elles sont plus attentives que les hommes aux signes de vitalité dans leurs relations avec les autres et l'écoute de leur corps. Beaucoup de femmes témoignent qu'après 50 ans, une fois surmonté le choc de la ménopause, elles se sentent mieux qu'elles ne l'ont jamais été.

– Mais plus que les hommes, les femmes doivent ressentir la contradiction dont vous parliez : le sentiment d'être encore jeune alors que la société les classe parmi les vieux.

– La société contemporaine a intégré le fait que les femmes ne sont plus cantonnées exclusivement dans le champ de la séduction. De fait, les femmes baby-boomers découvrent la longévité au moment même où leur rôle social est élargi et reconnu. Elles y entrent dans un état d'esprit différent et entament une « seconde vie », comme le dit ma sœur Christiane Collange dans son dernier livre. Plus proches de la vie, plus conscientes d'en avoir encore pour longtemps, elles abordent cette période en pleine possession de leurs moyens.

– Si elles ne sont pas plombées par la solitude, qui est plus répandue encore chez elles que chez les hommes.

– Trop souvent, arrivées dans ces zones-là, les femmes qui deviennent seules le restent. Les hommes, eux, reconstituent souvent un couple. Le clivage est là. Elles vivent plus longtemps et sont seules plus tôt. Peut-être sont-elles plus exigeantes et moins prêtes à accepter des compagnonnages au rabais ? La solitude, c'est parfois aussi un choix. Seule mais libre est une solution au féminin alors que les hommes tentent presque toujours de revivre à deux après une séparation ou un veuvage.

De la séduction à l'attirance

– Ce dont il s'agit en réalité à mesure que l'on s'enfonce dans le nouvel âge, c'est de se résigner à ne plus faire partie du marché de la séduction.

– Oui. Mais faut-il pour autant s'asseoir avec les vieux au bout de la longue table, comme à la ferme, et se déguiser en patriarche « seul, mais peinard », comme le chantait Léo Ferré ? C'est encore un choix. Rester dans le jeu de la séduction ? Est-ce ridicule au-delà d'un certain âge ? Sûrement, mais quel âge ?

On verra bien… En tant qu'homme, je pense que les efforts pour rester « consommable » correspondent simplement à ce qui nous garde en bon état de marche. Peu importe s'ils n'aboutissent pas. Finalement, séduire reste l'un des moyens les plus simples de résister. La séduction n'est pas une faiblesse (ou alors nous sommes tellement pétris de faiblesses). Il n'y a pas de raisons d'abjurer la tentation du charme, à condition une fois encore d'éviter le ridicule. Il s'agit simplement d'être attirant pour d'autres, *attractive* comme on dit en anglais, comme ami, comme relation, comme interlocuteur, comme membre d'un groupe. Pas seulement comme amant. Le but est de garder le contact, de trouver l'harmonie avec les autres générations. Pour ma part, la majorité de mes collaborateurs ont l'âge de mes enfants, bientôt celui de mes petits-enfants. Ma « séduction » à leur égard vise à pouvoir rester dans le rôle du chef d'équipe opérationnel et d'éviter celui du patriarche respecté pour son expérience mais un peu déphasé. Si c'est de la séduction, il est bon de la garder le plus longtemps possible.

– Il ne suffit pas d'être attirant et de tout faire pour maintenir une forme de séduction ni provocante ni pesante. Encore faut-il que les autres y soient sensibles. On vous dira : « Mais, monsieur, il n'y a plus de respect envers les vieux ! »

– Autrefois, ce que les anciens perdaient en vitalité et en attirance, ils le gagnaient en considération. Ce n'est plus le cas. De jeunes Chinois m'ont dit que, même au pays de Confucius, le respect des anciens commençait à être violemment contesté par les adolescents qui y voient une forme de tyrannie. Dans les pays occidentaux, on ne peut plus se tourner vers ses descendants en leur disant : « Tu me dois quelque chose. » Cette idée de devoir est devenue insupportable. Encore heureux si on vous tolère ! Mais c'est justement la raison pour laquelle, privées de la reconnaissance des plus jeunes, les personnes âgées doivent s'efforcer de se rendre aimables. C'est la seule ressource qui leur reste pour garder le contact. Le pouvoir d'attraction fait partie du kit de survie. Il varie évidemment selon que l'on est confronté à des enfants de 10 ans, de jeunes adultes de 30 ans, ou des gens de son âge.

– Les personnes âgées sont contraintes de séduire autrement, en somme.

– C'est une contrainte positive, car elle donne du sens. Prenons un acte simple : la lecture du journal. On peut imaginer que, passé un certain âge, notre intérêt pour les affaires de la planète se restreint. À quoi bon, se dit-on, se préoccuper de tout cela ? J'ai ma retraite, ma situation est stabilisée, ne puis-je m'en tenir à la culture des rosiers ? Il y a pourtant une vraie bonne raison : parce que les plus jeunes sont bien obligés, eux, de se soucier des affaires du monde. Des vieux qui n'ont pas perdu le contact avec l'actualité, qui peuvent parler de sujets variés, restent plus fréquentables. Si nous voulons rester en rapport avec les autres de manière naturelle, nous devons partager le plus possible le même univers qu'eux. Je préférerais perdre une partie de mes capacités physiques et me retrouver en chaise roulante plutôt que de perdre le contact intellectuel et affectif avec mes semblables.

Rester vivants

– « Il est vieux, mais il est jeune dans sa tête », entend-on souvent.

– Il ne s'agit pas de rester jeune, prétention dérisoire, mais de rester vivant ! Le charme sur la durée ne vient plus de la souplesse de la peau ou de la force du muscle, mais de la vitalité.

Quel que soit leur âge, il y a les vivants et les moins vivants ! Être vivant, c'est être curieux, mobile, intéressé, dynamique ; c'est avoir de l'empathie, une présence ; c'est garder la capacité de faire rire les autres… Tout ce qui va dans ce sens nous fait du bien, à nous et aux autres. Même si notre aspect se délabre, nous pouvons garder l'œil vif ! Tant qu'on en a les moyens, pourquoi ne pas rester dans la course ? Ainsi, de plus en plus s'affirme le modèle de l'homme ou de la femme âgés et actifs. Voyez Robert Redford, Clint Eastwood, Philippe Noiret… Ou Line Renaud, Jeanne Moreau, Lauren Bacall, Sophia Loren, Raquel Welch… Ces femmes-là ont une vraie séduction et une personnalité étoffée. Pourquoi ? Précisément parce qu'elles ont échappé au ridicule. Elles n'ont pas cherché à être jeunes. Mais à être gaies, présentes et intéressantes !

– *On est donc loin du modèle du vieil acariâtre ou de la vieille harpie. Mais loin aussi de celui du sage qui, selon le stéréotype, est censé se retirer et méditer en paix. Yoda, de* Star Wars, *vieillard éternel, détenteur de tous les savoirs, qui vit sur une planète solitaire et que l'on vient consulter de tous les coins de la galaxie, est un modèle dépassé.*

– C'est une vieille image héritée de la culture orientale et de notre folklore : celle du sage, assis en lotus, qui conserverait une prestance physique, un corps en bon état, probablement une barbe blanche pour marquer son statut, et diffuserait une douce aura de tranquillité. On peut en effet être tenté par cette sagesse ascétique où on a besoin de moins en moins de choses, où l'on vit de peu et où l'on se retire en paix pour entrer en contemplation… Je ne néglige pas ce fantasme, car je me dis qu'il peut toujours me servir un jour. Mais je sais que la vraie sagesse est inaccessible. Toute personne qui se dirait sage apporterait de ce seul fait la preuve qu'elle ne l'est point. Cet idéal du sage me paraît hors de portée de la plupart d'entre nous. Mais ça ne nous empêche pas d'aller plutôt dans cette voie.

– Jacques Lacarrière me racontait un jour comment un moine du mont Athos, qui vivait en ermite dans sa niche à flanc de falaise, se faisait monter sa nourriture par un panier au bout d'une corde. Chaque mois, par ce même dispositif, on lui livrait l'exemplaire du National Geographic. *C'était sa manière de garder le contact.*

– Il ne pouvait donc pas se passer totalement du monde. On voit aussi certains lamas tibétains, prophètes de paix et de recueillement, qui passent d'un avion à l'autre pour donner des conférences dans le monde entier ! Ne nous faisons pas trop d'illusions sur nos modèles !

Question d'attraction !

– « Chaque vieillard qui meurt est une bibliothèque qui brûle », dit un proverbe. Les personnes âgées peuvent-elles jouer le rôle de réservoirs de savoir dans une société qui cultive le jeunisme et l'amnésie ?

– Chaque personne âgée détiendrait, dit-on, une connaissance du passé qui pourrait être transmise aux plus jeunes… Il vient un âge, quand on a soi-même accumulé suffisamment d'expériences et de richesses intérieures, où l'on songe à transmettre. Difficile d'échapper à la tentation de croire que ce que l'on a vécu est la juste ligne à suivre. Avec un tel raisonnement, l'Histoire aurait répété sans cesse les mêmes recettes, et elle n'aurait pas fait de progrès. Quand on commence à être chargé d'expérience, il ne faut pas se laisser aller à l'illusion – une de plus ! – de croire que l'on est détenteur des bonnes solutions encore valables aujourd'hui.

– Tout dépend de ce que l'on entend par « progrès ». Il n'est pas scandaleux d'affirmer qu'il existe un socle de savoirs et de valeurs, indépendant du progrès scientifique, technique et social, un cursus commun accumulé au fil des siècles qu'il est bon de cultiver.

– Considérons le domaine des relations humaines et affectives qui, en effet, ne fluctue guère au gré du progrès. Nous avons tous connu au cours de notre vie des difficultés, des échecs, des victoires ; nous portons tous nos cicatrices. Suivent nos enfants qui entrent dans l'âge mûr et commencent à découvrir à leur tour les hauts et des bas dans leurs relations avec les autres. Bien que l'on ait l'impression d'avoir traversé des difficultés comparables, on s'aperçoit qu'il n'est pas facile de les conseiller, et qu'il y a des limites à ce qu'on peut leur apporter. Ils réagissent souvent de manière négative : « Qu'est-ce qu'il en sait ? Il n'est pas à ma place ; moi, je suis unique. » En voulant trop les aider, on est souvent mal compris et on risque d'écorner les relations précieuses que l'on a tissées avec eux.

– Les laisser aller dans le mur sans réagir n'est pas non plus satisfaisant. Quand on a un peu vécu, on discerne mieux la personnalité des autres, on est plus perspicace, moins crédule…

– Voir des proches aller dans le mur serre le cœur. Mais il faut faire preuve d'un peu de sagacité en la matière, bref éviter d'agir comme un vieux con : « Moi, je sais des choses, il serait temps que tu en prennes conscience. » Cela ne marche pas ! Un tel interventionnisme rebute, inévitablement. Notre connaissance ne suffit pas, encore faut-il la présenter habilement, en utilisant si besoin la métaphore, l'anecdote, l'évocation, le questionnement et surtout l'humour… Arrivé à un certain âge, on devrait faire des efforts pour que ceux qui viennent vers vous ne sachent pas d'avance ce que vous allez leur dire. Une fois encore, restons attirant donc un peu fantasque !

– S'il ne faut pas imposer sa vision du monde, n'est-il pas au moins important de transmettre une mémoire familiale ?

– Aujourd'hui, le fait familial prend une importance massive dans la psychologie des gens de tous âges. Ce n'était pas le cas il y a vingt ans. Les Français placent aujourd'hui la famille en tête de leurs sources de satisfaction, bien avant leur carrière. La famille occupe presque à elle seule la place que prenaient jadis la nation, l'Église, le parti, l'idéologie. Il ne reste plus grand-chose d'autre que ce lien naturel que l'on a tendance à survaloriser ou à prendre pour une bouée de sauvetage. Les anciens peuvent toujours développer leurs talents de conteur. Dans notre famille, nous avons créé un site web pour mettre en commun notre histoire. Chacun peut être amené à y écrire un texte ou ajouter une nouvelle le concernant. C'est un jeu comme un autre… Il vient un âge où l'on reste l'un des derniers à connaître certains événements de notre passé commun. Cela nous donne un pouvoir inattendu : on peut même être effleuré par la tentation perverse de pouvoir raconter n'importe quoi, puisque personne ne viendra nous contredire !

Couples en eaux troubles

– Un certain nombre de gens ont la chance d'aborder ce nouvel âge en couple. Mais là, les relations sont particulièrement délicates.

– Comme l'individu, le couple doit faire l'objet lui aussi d'une gestion quotidienne et d'un soin permanent. Au cours des dernières décennies, le modèle a changé. Nombre de personnes vivent le nouvel âge avec quelqu'un qui n'a pas connu toutes les périodes antérieures de leur existence et avec qui elles ne peuvent donc pas mettre le passé en commun. La confrontation avec la vie antérieure de l'autre peut d'ailleurs se révéler un peu ennuyeuse. Selon le modèle dominant, la passion dans le couple est censée se calmer au bout d'un certain temps. On se contente de cohabiter en bons amis et éventuellement faire lit à part. C'est possible. Faut-il s'y résigner ? Peut-on espérer un couple « vivant » qui s'épanouit dans la longévité ? Heureusement, ça peut arriver, mais les périls du nouvel âge s'additionnent aussi quand on est deux.

– Les avantages aussi.

– En effet. Car la principale dureté de cette phase ultime de vie, c'est quand même la solitude. La relation de couple en devient d'autant plus cruciale, car elle peut se renforcer comme pilier d'une longévité heureuse. Prendre son petit déjeuner à deux devient un privilège au gré de l'âge. Le faire avec quelqu'un avec qui on se sent à l'aise et dans une relation détendue est une providence. Quelle que soit sa durée d'existence, le couple ne peut fonctionner que si l'on est conscient qu'il doit être chaque jour réinventé. Dès que l'on considère l'autre comme un acquis, on risque qu'il en fasse autant à notre égard, qu'il nous prenne moins en considération, ce qui rend vite la cohabitation un peu grise. On le constate, là aussi : la longévité est une période dangereuse, donc pleine d'intérêt.

– On voit en effet des vieux couples aigris, qui se querellent pour le moindre détail, s'adressent des reproches à la première occasion, et ont visiblement beaucoup de difficultés à se tolérer.

– Avec l'avancée en âge, l'irritation guette, des gouffres peuvent se creuser. Si le couple a bien fonctionné à un certain moment, pourquoi alors se dégrade-t-il ? La cause en est souvent la transformation physique que l'on accepte mal, alors que la sexualité pourrait rester un lien à cet âge comme aux précédents. Or s'il existe un domaine dans lequel on s'attend au déclin, c'est bien celui-là ! Aujourd'hui, même certains jeunes couples croient que le désir ne subsiste pas au-delà de trois ans. Neuf ans, disent d'autres. Mais que se passe-t-il au bout de vingt, trente ou quarante ans ? Soyons honnêtes : nous n'en savons rien ! Une chose semble certaine : le désir nous habite bien plus longtemps qu'on le croit ! En écoutant les témoignages de gens plus âgés que moi, on découvre des déclarations contrastées. Les uns disent : « C'est fini ! Mais on vit très bien comme ça. » Les autres, au contraire : « Pas question de renoncer, c'est tout à fait important ! » Dans ce domaine, ceux qui abordent le nouvel âge sont là encore pionniers. D'autant que la sexualité des vieux reste aux yeux des plus jeunes un peu scandaleuse, sinon dégoûtante. Dans *La Nuit de San Lorenzo*, film des frères Taviani, un vieux et une vieille se retrouvent à l'occasion d'une transhumance dans une même chambre et font l'amour. Il fallait tout le talent de ces deux cinéastes pour que cette scène soit belle et acceptable. Les images d'une telle sexualité heureuse sont encore provocantes.

L'éternel désir

– *Il faut en parler davantage, donc.*

– Tout au moins aborder cette question sans complexe ni pudibonderie. En fait, il semble bien qu'en matière de sexualité tout et son contraire soient possibles. Simone de Beauvoir écrit, dans « sa vieillesse », qu'en se promenant sur un chemin de montagne une pensée glaçante l'a soudain traversée : « Jamais plus un homme ! » Chacun se murmurera un jour quelque chose de ce genre, mais ne se le dit-on pas trop tôt ? Comme preuve de vie, on ne fait guère mieux que le désir, alors accrochons-nous ! Dans un rapport de couple, si on garde une sexualité vivante, cela signifie que l'on finit par faire l'amour avec quelqu'un d'âgé. Et l'on se demande pourquoi cette idée nous révulsait autrefois. Loin de moi l'idée d'énoncer le kamasoutra des seniors, mais enfin, il y a quand même des trucs qui permettent de maintenir le désir ! L'affaiblissement par exemple de notre vision avec l'âge n'est pas dépourvue d'avantages : vous enlevez vos lunettes, et les rides de l'autre disparaissent ! Oui, on peut s'arranger avec le temps pour que la sensation reste vivante ! Ce qui s'oppose au désir, c'est le laisser-aller dans l'intimité : on se montre dans des tenues ou des attitudes peu esthétiques et qui nous rendent moins désirable (ce qui est aussi vrai à 30 ans). Il faut devenir d'autant plus attentif à ce qui peut rebuter. Ne regardons l'autre que dans les moments où il sera à son avantage. Et cultivons la fierté de faire vivre une flamme qui nous était promise comme éphémère, un peu comme les lapins de la publicité : on peut continuer à battre le tambour bien plus longtemps qu'on le croyait. Un de mes amis sexologue réputé, me confirmait récemment que le *Use it or lose it !* des Américains était exact.

– Faites-le ou alors oubliez-le ! En d'autres termes, le sexe ne s'use que si l'on ne s'en sert pas.

– Exactement. On dit qu'un homme qui n'a pas de rapports sexuels pendant six mois mettra un moment avant de pouvoir s'y remettre. Il paraît que cela ne redémarre pas au quart de tour... Le renoncement à la sexualité, ou la perte de ses aptitudes sexuelles due à des problèmes de prostate par exemple, marque probablement l'entrée en vieillesse pour un homme : quelque chose d'irréversible se produit. Mais, sauf accident de santé, ça s'arrête plus tard que n'en sont persuadés la plupart d'entre nous. Quand au XVIIIe siècle on a demandé à la princesse Palatine à quel âge le désir disparaissait, elle a répondu : « Comment puis-je le savoir ? Je n'ai que 80 ans ! » Peut-être que cela ne s'arrête jamais ! Et puis, il y a aussi toute une gamme de sensations, de contacts sensuels à découvrir… Ne serait-ce que celui de se sentir en proximité, de dormir ensemble, de se lover l'un contre l'autre. Pourquoi ne pas continuer à cultiver la volupté en douceur ?

– *Ou lui trouver d'autres formes ?*

– C'est l'abandon qui est recherché dans la sexualité, ce besoin de retrouver une sorte d'état animal joyeux et tonique, en oubliant un moment notre cérébralité. Si on accepte la définition de Freud, la libido s'étend à tout ce qui procure une jouissance et un sentiment de vitalité. Le champ est large. Ce qui est par exemple à la portée de chacun jusqu'au bout, c'est le rapport à la lumière. Nous partageons avec les petits oiseaux un sentiment d'euphorie quand le soleil apparaît, quand nous percevons la chaleur sur notre peau. C'est l'un des plaisirs les plus simples et que l'on peut ressentir jusqu'au bout.

– *Se fondre dans la nature, retrouver sa condition d'*Homo sapiens*, ce serait la sensualité du très vieil âge ?*

– Pourquoi pas ? L'une des contraintes du vieillissement, c'est de se satisfaire de choses moins nombreuses et plus simples. Les sollicitations et les occasions se restreignent avec le temps, on a moins de contacts, moins d'activités, moins de capacités physiques. Il faut arriver à trouver autant de plaisirs quotidiens dans une disponibilité moindre, passer en somme de la boulimie à la dégustation. Donc, concentrons-nous sur ce qui est disponible et, en premier lieu, sur la nature : l'air frais sur le visage, la beauté de la verdure, les sons de notre environnement… Autant d'expériences sensorielles. Un jour devenu très vieux, si je peux au moins m'asseoir sur un banc au soleil, avec un bol de soupe, peut-être continuerai-je à me dire que la vie vaut la peine d'être vécue !

CHAPITRE 6

Longue vie à moi !

Vieillir, c'est entrer en résistance. Combattre le destin tout en sachant que l'on sera perdant est désormais un art. Et peut-être aussi, une philosophie.

Du plus avec du moins

– La longévité exige d'inventer de nouveaux rapports avec les autres et avec le monde. Mais l'interlocuteur le plus exigeant dans cette histoire, c'est soi-même. Il ne s'agit rien moins, disiez-vous, que de trouver un nouveau sens à notre vie.

– La longévité nous replace face à nous-mêmes, et nous oblige à assumer pleinement la manière dont nous menons notre vie. Le temps se déroule de manière inexorable, et chaque heure qui passe nous interroge : « Comment choisis-tu d'être ? Dans quel état d'esprit ? Dans quel état physique ? » Plus qu'à toute autre étape de notre parcours, on prend conscience que l'on est seul face à cette responsabilité, que personne ne réglera cette question à notre place. L'expérience de la longévité remet en cause nos relations, notre image de soi, et notre recherche de l'attitude juste et du bien-être.

– Ouf! Ce n'est pas vraiment une sinécure de devenir vieux !

– N'est-ce pas un travail qui en vaut la peine ? Devant l'âge, on manifestait autrefois de la résignation. Abordant ses 60 ans, on faisait preuve d'un certain fatalisme et l'on pensait ne pas avoir beaucoup de contrôle sur la suite des événements : on se disait que chaque jour gagné était une chance, et l'on s'en contentait avec passivité. La différence fondamentale aujourd'hui, c'est que nous savons qu'il nous est possible d'accroître notre nombre d'années à vivre et, plus important à mes yeux, de les vivre plus contents et en meilleure forme. Cette perspective de longévité nous pousse à rechercher une nouvelle harmonie, un équilibre entre hédonisme et discipline. Le réalisme prime : chacun est ramené à soi-même, à ses moyens personnels, à ses comportements quotidiens pour maintenir ses fonctions essentielles et intimes. Face à l'âge, il n'y a plus de grandiose, plus de projets immenses, plus de leaders charismatiques ! Il n'y a plus que soi confronté aux grandes questions de l'existence. En un sens, le vieillissement opère une sorte de lissage des comportements et des différences, avant l'égalisation absolue de la mort. Il nous voue à la simplicité et à l'humilité. On peut trouver cela décevant. Pour moi, c'est plutôt une bonne nouvelle.

– *Encore faut-il vouloir se plier à cette discipline, à ce retour sur soi que vous préconisez !*

– Entre savoir ce qu'il faut faire et le faire effectivement, il y a une fameuse marge. Beaucoup de gens éprouvent une certaine fatigue psychologique car, selon la formule du philosophe Michel Onfray : « Vieillir, c'est être moins. » Moins de capacités, moins de facultés, moins de temps… Du moins partout ! Les capacités se restreignant, le nombre d'heures de sommeil diminue avec l'âge, il nous faut remplir ce moins en évitant l'ennui et la morosité. Donc, trouver des activités de substitution, étrenner de nouvelles compétences. Cette recherche de nouvelles curiosités n'est pas une charge, au contraire. Mais elle implique par exemple de trouver de l'intérêt pour des choses que nous considérions jusque-là comme mineures ou accessoires.

Belle du Seigneur

– Se remettre à étudier par exemple ?

– Garder en tout cas son cerveau en état d'activation. « Passe encore de bâtir mais planter à cet âge », dit La Fontaine. Cela a-t-il un sens d'apprendre, un fois un certain cap franchi ? On se dit qu'on ne produit plus, que l'on ne contribue plus à la société, et que l'on peut donc se contenter de vivre sur son « stock ». Cette notion de stock est peut-être exacte sur le plan financier ou culturel, mais pas sur le plan affectif, énergétique ou intellectuel. On est toujours surpris de s'apercevoir à quel point, excepté notre réserve de souvenirs, nous n'avons guère de réserves : non entretenus, notre capital physique s'étiole vite, notre vitalité est menacée, notre réseau relationnel demande un entretien inlassable… Nous vivons en réalité en flux tendus ! C'est donc plus que jamais le moment de réinvestir. Il ne faut pas voir cette période de la vie comme une descente qui nous dispenserait de pédaler. Au contraire : nous abordons une montée ! Rester en activité suppose un effort soutenu.

– Soit. Mais quelle activité ?

– Je pourrais me dire : « Tiens, je vais apprendre les maths ou le violoncelle. » Pourquoi pas ? Mais que pourrais-je en faire dans le temps qui me reste ? Dans un monde de plus en plus complexe, on est de toute façon obligé de se former, ne serait-ce que pour se servir des moyens modernes de communication et pour rester en contact avec les autres. Le jour où j'ai réussi à apprivoiser mon magnétoscope, j'ai éprouvé une fierté de gosse. Apprendre, ce n'est pas seulement acquérir de la connaissance, c'est faire fonctionner son cerveau, c'est se prouver que l'on reste vivant et c'est aussi se faire plaisir. L'une des plus grandes amertumes annoncées serait de réaliser à la fin de sa vie que l'on n'a pas exploité tous ses atouts. Dans l'idéal, on devrait pouvoir se dire alors, selon le titre du livre de Jean Ferniot : « Je recommencerais bien ! » Essayons d'être prêts à mourir dans l'heure tout en agissant comme si cela allait durer toujours.

– On se dit que le nouvel âge est une occasion de se rattraper, de lire les livres que l'on n'a pas lus, de visiter les pays que l'on n'a pas visités, d'apprendre ce que l'on n'a pas appris…

– Pour ma part, je vais vous faire un aveu : je n'ai pas encore pris le temps de lire *Belle du Seigneur*. Faut-il le lire ?

– Bien sûr ! Albert Cohen avait 73 ans quand il a publié ce roman bouleversant de jeunesse, l'un des plus beaux jamais écrits sur le couple. C'est de plus une magnifique illustration de votre propos.

– Je me le garde pour plus tard… Pour le moment, j'ai tendance à privilégier tout ce qui me profite directement dans ma vie d'aujourd'hui et qui me permet d'échanger avec les autres. Ma bibliothèque est ainsi pleine d'ouvrages que j'ai mis de côté. Comme un écureuil, j'accumule plus de noisettes que je ne pourrais consommer. Quand je les regarde, j'éprouve à la fois du désir – j'aimerais me trouver au moment où je les ouvrirai – et du renoncement – puisque je ne pourrai pas tous les lire. Quels sont ceux que je délaisserai ? Au fond, cela n'a aucune importance. Il est possible que je meure sans avoir lu *Belle du Seigneur*, eh bien, tant pis !

Les vertus de l'oubli

– *Cultiver sa mémoire, n'est-ce pas aussi l'une des obsessions de l'âge vieillissant ?*

– La mémoire, comme la vision, a tendance à diminuer. Sauf maladie d'Alzheimer, il n'est pas sûr qu'elle s'effiloche autant qu'on le dit. J'ai même eu le sentiment dans les années récentes d'avoir parfois une meilleure mémoire qu'auparavant. Le jeu vise en tout cas à ce que votre entourage s'en aperçoive le moins possible. Et puis, la mémoire nous tire plutôt vers le passé. Elle n'est pas indispensable au plaisir de vivre l'instant. Certains n'évoquent plus des pans entiers de leur vie, même des moments qui ont pourtant eu une grande importance pour eux. Ce type d'amnésie est-il un handicap grave ou une grâce ? Il peut être avantageux de ne pas avoir l'esprit encombré. Quand on a vécu longtemps, on a absorbé tellement d'images, de paroles, d'événements, de rencontres, qu'on ne pourrait tous les garder à l'esprit. Tant que je reste curieux des choses de la vie, je préfère que mon disque dur cérébral ne soit pas saturé par mon passé.

– *Comment faites-vous personnellement ?*

– Ma mémoire n'ayant jamais eu de grandes capacités de stockage, j'ai toujours utilisé une « prothèse » : je note ! Depuis l'âge de 17 ans, je tiens tous les jours mon journal. Je le fais dans un esprit d'hygiène, sans objectif particulier de conservation. C'est une manière de me nettoyer de la journée : ce que j'ai écrit, je n'ai plus à me soucier d'avoir à me le rappeler. Qu'une journée puisse s'enfuir sans laisser la moindre trace me semblait du gâchis. Chaque jour est une unité de temps et de vie unique, il porte en lui sa propre raison d'être et mérite considération. Quand je relis des pages rédigées il y a trente ans, certaines d'entre elles me replacent facilement dans la situation vécue, d'autres au contraire ne m'évoquent plus rien. On sait qu'il est plus facile de mémoriser ce qui a provoqué chez nous une émotion ; le reste a tendance à s'effacer. Quant à mes « misérables petits secrets », comme le disait Malraux, les consigner dans un journal m'a peut-être évité le divan.

– Tout souvenir n'est pas forcément bon à prendre. L'oubli a aussi ses vertus, surtout quand, au fil de sa vie, on a rencontré beaucoup d'écueils.

– Je le crois aussi. Lorsque l'on demande aux gens s'ils sont contents de leur vie, une grande majorité répond positivement, indépendamment de ce qu'ils ont vécu. Car, même s'ils ont pas mal souffert, ils se souviennent moins de leurs malheurs que du fait d'en être sortis. Nous avons tendance à embellir le passé pour mieux accepter le présent. À quoi sert d'ailleurs une thérapie si ce n'est justement à se débarrasser d'un caillot de la mémoire qui continue à nous faire souffrir ?

Vers une éthique de la longévité

– Notre conversation nous entraîne vers des considérations philosophiques. À vous entendre, on pourrait presque parler d'une éthique de la longévité.

– Pour les philosophes, l'éthique est la manière de se gérer soi-même, un choix d'attitudes et de relations avec le monde. Selon le sinologue François Jullien, concevoir le bonheur comme un but à atteindre est une notion occidentale, héritée de la pensée grecque, et étrangère à la philosophie orientale. Pour les Chinois, vivre est une circonstance exceptionnelle. Le mieux que je puisse en faire est d'essayer de porter ma vitalité à son meilleur, de chercher à intensifier ce que je vis. C'est une philosophie de l'instant. Nous, Occidentaux, avons peut-être trop tendance à nous projeter dans l'avenir. Ce qui nous rend moins disponible pour l'instant présent.

– Le présent n'est pas notre fort, en effet.

– Il n'est pas central pour nous. Dès la période classique, les grands dramaturges, tels Racine et Corneille, nous ont habitués à cultiver le passé. Seul Molière s'inscrivait dans le présent. Aujourd'hui encore, une grande partie des spectacles sont rétrospectifs et évoquent des situations du passé. Quant à notre manière de gagner notre vie, elle est, en revanche, tournée vers le futur : nous comparons sans cesse nos résultats avec les précédents et avec des objectifs que nous nous fixons. Chez nous, la performance tient lieu de mode de vie. La longévité exacerbe cette tendance. Parvenu dans le nouvel âge, la majorité des gens choisissent d'arrêter cette marche en avant et s'en remettent à la société pour qu'elle leur fournisse les moyens de vie. Après tout, pensent-ils, nous avons cotisé pour cela ! Il serait salutaire de se refuser à cette forme d'abandon.

– Résister alors à la fois au processus individuel du vieillissement et au courant dominant ?

– Aborber la longévité, c'est désormais entrer en résistance. À ce stade de la vie, on ne cherche plus à se dépasser. Il s'agit juste de ne pas céder, de ne pas lâcher, d'affronter un adversaire plus puissant que nous et avec lequel on ne peut que ruser, de s'opposer à un courant qui vous emportera et entre-temps vous diminue. C'est une aventure qui demande de l'engagement, de l'énergie, du courage, de la ténacité et de la confiance. Il faut tenir ! Et se tenir ! Les statistiques indiquent qu'à mon âge, je devrais déjà me sentir moins bien. Les faire un peu mentir est peut-être dérisoire et puéril, mais si j'y trouve une petite satisfaction dans l'instant, pourquoi ne pas le tenter ? Plus j'avance en âge, et plus je me concentre sur la qualité de mon présent. Faire de chaque moment une sorte d'œuvre… Ce n'est rien si on le rapporte à la durée de l'univers ? Certes, mais ça compte pour moi, et c'est tout ce que j'ai en propre !

La petite statue intérieure

– La dignité, c'est un mot que l'on prononce souvent quand il est question de vieillesse.

– La dignité se résume en une question : qu'est-ce qui doit rester humain en moi ? Que dois-je cultiver pour ne pas être ravalé au rang d'esclave ou d'objet ? À un moment donné, on est amené à se dire : « Non ! Je ne peux pas laisser faire cela, je ne veux pas en arriver là, je ne peux pas accepter de ressembler à ça ou de me retrouver dans telle situation. » Ce que les grands vieillards veulent à tout prix conserver, ce sont ces signes de dignité. On marche vers la sortie en s'efforçant de rester droit… C'est ainsi que, à nos propres yeux, même diminués, nous restons vivants.

– En somme, il s'agit d'affirmer une vraie estime de soi, de conforter la confiance que l'on se porte, denrée précieuse par les temps qui courent…

– Il faut au moins lutter contre la tentation de se déprécier. Voyant ses capacités diminuer, on est enclin à se dire : « Je deviens vieux, moche, ralenti, dépassé… » C'est pour éviter cela dans la « jeune vieillesse » – le moment où on devient socialement vieux en restant personnellement jeune – qu'il importe de se maintenir dans un flux de vie, de relations et d'intérêts. Quand arrivent les symptômes physiques de vieillissement, on ne peut pas ravaler la façade indéfiniment. Même avec ses lézardes, la maison est quand même agréable à fréquenter. Essayons de nous maintenir en mouvement et de bouger ; bouger le plus longtemps possible.

– Facile à dire ! Il faut pour cela savoir qui l'on est. Dans cette nouvelle adolescence, l'image que l'on a de soi, avec la petite statue intérieure qui nous sert de référence, peut être sérieusement abîmée.

– On se rend compte à plusieurs époques de sa vie à quel point l'image que l'on a de soi est fausse ou mal ajustée et combien elle nous a fait faire des bêtises. Avec l'âge, on peut dresser le bilan de ce qui a marché et de ce qui a échoué. Il ne s'agit plus d'impressions cette fois, mais de faits. Par exemple, je sais que, dans ma jeunesse, j'ai pu être difficile à vivre. On me dit que ça s'est arrangé, mais j'ai pris conscience que mon comportement avait changé plus vite que l'opinion que j'en avais : il m'a bien fallu dix ans pour me convaincre que j'étais enfin devenu plus aimable ! C'est long, la confiance en soi ! Vous avez raison, il est difficile de se forger une image qui ne vacille pas au moindre souffle d'air ou à la première parole malvenue qui sème le doute en nous. C'est l'une des richesses que la soixantaine nous offre : on devient indifférent à certaines réflexions et plus attentifs à celles de ceux, peu nombreux, qui nous importent vraiment. On peut alors essayer de capter ce que les autres semblent apprécier en nous (« Ce qu'il y a de bien chez toi, c'est que… ») et se conformer à ce reflet : « On dit que je suis quelqu'un de fiable ? Je vais m'efforcer de le rester » ; « On me dit attentif aux autres, je le serai davantage ». Notre petite statue intérieure, comme vous dites, n'est pas forcément pétrie d'égotisme ou de forfanterie. Elle peut se nourrir d'une lucidité tranquille fondée sur l'expérience et sur une lucidité à l'égard de nos qualités et de nos atouts, pas seulement de nos défauts.

Les coachs du nouvel âge

– Tout ce que vous dites est en quelque sorte une incitation à devenir, sinon sage, du moins raisonnable. C'est beau sur le papier mais dans la réalité, c'est difficile.

– Je prône la vitalité, mais aussi le réalisme ! En vieillissant on n'a plus tellement le temps de se raconter des histoires ! Au fil de la vie, en dehors des grandes tragédies, la plupart de nos souffrances viennent des illusions que l'on se fait sur les gens, les choses et surtout soi-même, elles découlent donc d'un manque de réalisme. Devenir raisonnable pour moi, c'est redoubler mes efforts pour prendre en compte le réel.

– Le réel de la vieillesse, c'est quand même, au bout du compte, le corps qui se détériore, l'esprit qui trahit et son petit moi qui s'assoupit, du moins est-ce ainsi qu'on l'imagine. Regarder son destin avec réalisme n'est pas forcément réjouissant.

– Le réalisme n'implique pas forcément le pessimisme ou la neurasthénie. Au pire, on meurt ! Une fois admis que la mort est une certitude, le reste devient moins pénible. Comparée à cette réalité-là, toute situation, même difficile, reste quand même un fragment de ma vie, et donc bonne à prendre. Plus on avance en âge, et plus cette constatation joue : aujourd'hui encore, se dit-on, je suis vivant ! Mais si je passe cette nouvelle journée à me lamenter parce que peu de gens m'appellent au téléphone, je serai effectivement misérable. On invoque la réalité comme si on pouvait y avoir pleinement accès. Or elle reste en pratique subjective : elle est soumise à notre interprétation, elle n'est que ce que l'on en perçoit. Certes, si je me cogne la tête sur un bloc de granit le choc de la réalité devient très concret… Mais nos capacités, l'attitude des autres sont filtrées par nos perceptions subjectives. Le réalisme consiste à diminuer le plus possible la part de notre subjectivité. Pas besoin de grands moyens pour cela. Penser sa vie reste possible partout, et à tout instant. Mais il faut consentir l'effort de ne pas se laisser gagner par le brouhaha dominant et les stéréotypes qui incitent les vieux à s'autodéprécier. Ils sont confrontés à des messages sociaux qui affirment que leur état n'est pas enviable. Nous allons voir plus loin, avec François de Closets, qu'il va bien falloir pourtant que la société change de mentalité, car elle va être très secouée par l'arrivée des pionniers du nouvel âge.

– *Est-il utile de se faire aider par quelqu'un d'extérieur pour mieux naviguer parmi tous ces écueils ?*

– Si besoin est, pourquoi s'en priver ? Là encore, on cultive un préjugé selon lequel, passé 50 ans, il ne sert plus à rien de faire une thérapie de parole. Pourquoi ne pas imaginer une aide pour notre passage à la longévité, une sorte de *coaching* du vieil âge ? Comme il y a des psychologues de l'adolescence, il pourrait y avoir des gérontologues du psychisme. Autrefois, les curés en faisaient office : si les vieux allaient dans les églises, c'était pour causer, se faire rassurer. Aujourd'hui, ils sont livrés à eux-mêmes. Dans ce domaine, nous sommes un peu des *lonesome cow-boys*.

Apprendre à mourir

– *On vous dira : c'est bien beau, votre histoire, mais au bout du voyage, au-delà de ces nouveaux territoires conquis sur soi, à l'extrême ouest de notre vie, il y a toujours le même gouffre : la mort qui nous attend et ne rate pas ses rendez-vous. Comment faire avec cette autre réalité ?*

– « Philosopher, c'est apprendre à mourir », disait Montaigne. Il est risqué d'aborder la vieillesse sans avoir lucidement pris en compte sa propre mort. Mieux vaut s'en occuper quand on est jeune. Si on doit le faire dans un sentiment d'urgence ou d'affaiblissement, cela peut se révéler difficile et angoissant. Je crois que la réconciliation avec la mort est le grand travail de notre existence et qu'elle conditionne notre capacité à jouir de chaque instant de vie. J'y pense moi-même depuis longtemps. Une certaine familiarité avec cet horizon est le seul moyen de conserver ma sérénité quotidienne. L'angoisse gâche tout. Notre mort, on voudrait pouvoir la regarder avec solennité, mais sans rébellion. Si la vie se déroule normalement, cet apprivoisement de la mort se distille petit à petit et finit par faire partie de nous.

– Comment faire pour qu'elle ne soit ni obsessionnelle ni terrifiante ?

– Je suis persuadé que l'animal, humain compris, se réconcilie avec sa propre disparition. Il s'agit d'un processus quasiment biologique, et heureusement ! Si la mort d'un enfant est toujours un scandale, celle d'une personne de 85 ans ne l'est pas. Sinon, toute mort serait insupportable. Certes, il y a des maladies psychologiques dues au vieillissement, comme la neurasthénie. Mais la plupart des gens âgés se forgent une philosophie et adoptent une forme de pragmatisme. Il est préférable de penser sa mort et de penser à l'inviter à sa table pour en avoir moins peur. Nombre de gens en sont d'ailleurs moins effrayés à 80 ans qu'à 40 ans.

– Ce qui fait peur, c'est la souffrance.

– Bien sûr. « La mort ne me fait pas peur, disait Woody Allen, mais je préférerais être ailleurs ce jour-là. » Cela peut arriver : on meurt dans son sommeil ou lors d'un accident de voiture… sans être vraiment là. La mort idéale, c'est celle du général de Gaulle : il faisait une réussite, et soudain tombe… Mais cela n'est pas donné à tout le monde. Un grand journaliste américain, Joseph Absop, à qui on annonçait qu'il était atteint d'une leucémie et qu'il n'en avait plus que pour dix-huit mois, s'est mis à écrire son journal pour raconter son angoisse. Parfois, il s'étonnait : « Aujourd'hui, je n'ai pas pensé à la mort. » Petit à petit, il s'apercevait que, même avec cette terrible échéance, il pouvait cesser d'y songer. Cette capacité d'adaptation étonnante existe, j'en suis persuadé, à l'intérieur de chacun de nous.

Au bout du voyage

– Il faut accepter de repartir dans le néant qui précédait notre naissance, dans la même incompréhension, avec humilité.

– Ne pas trop se souvenir de ce que l'on a été… Si on s'est pris au sérieux à un moment de sa vie, on risque de se préparer une vieillesse amère, en considérant les moments exceptionnels de son existence comme la seule image acceptable de soi. Pas du tout ! La définition de soi, c'est l'ultime tas de poussière ! Si nous nous comparons à ce que nous avons été, nous sommes en route pour le désespoir ! Si nous le faisons par rapport à ce qui nous attend – c'est-à-dire la mort – nous sommes gagnants ! Pour accepter de disparaître, mieux vaut admettre de n'avoir jamais été tellement important. Ça nous épargne la tentation de nous faire construire un mausolée de marbre ! Parfois, je rêve à cette injonction taoïste : « Passer sur la neige sans laisser de traces. » Nombre de gens ont voulu inscrire leur marque, certains se sont fait construire des villes, des empires, des monuments ; d'autres ont réalisé des œuvres… Et si la belle ambition était de ne pas laisser de traces ? L'objectif est incontestablement plus facile à atteindre, peut-être enviable…

– Joël de Rosnay parle de 120 à 140 ans comme la durée de vie maximale possible de l'être humain.

– Je me demande alors si je veux courir le risque de voir mes enfants mourir de vieillesse. Un jour, il nous faudra non plus jouer intellectuellement avec ce genre d'idée, mais les vivre concrètement. Pour ma part, je ne sais pas si je serais tenté par une telle longévité ou si j'aurais envie de mettre une fin raisonnable à ma vie. L'allongement de notre vie rend la question du suicide paisible de plus en plus actuelle. J'ai en tête l'exemple digne de Stefan Zweig et de sa femme qui se sont supprimés ensemble, ou plus récemment celui de la mère de Noëlle Chatelet et de Lionel Jospin qui a choisi, en prévenant ses enfants, de disparaître de manière consciente et quasi planifiée.

– Une décision qui n'est pas incompatible avec tout ce que nous avons dit. Un jour, on choisira de partir après avoir bien vécu, et longtemps… C'est encore un pas vers une plus grande maîtrise de soi. Une forme de liberté, encore scandaleuse, mais qui ne le sera peut-être plus demain.

– La main tremble un peu quand on évoque cela. Mais peut-être est-ce plus facile qu'on le croit ? En tout cas, la mort choisie est devenue une question contemporaine puisque nous vivons tellement plus longtemps. Je ne parle pas de l'euthanasie ni de la décision de mettre fin à la souffrance en débranchant la prise, dont la possibilité fait son chemin dans la société. Mais il en va différemment du choix personnel de mourir quand on a encore sa lucidité, les moyens physiques, et que l'on n'a besoin de personne d'autre pour le faire. Cette question purement philosophique risque de se poser à beaucoup d'entre nous. Aujourd'hui, je n'ai aucune idée de la réponse que j'y apporterais éventuellement.

– La question ne se pose pas tant qu'il nous reste cette chose étrange : le désir. C'est-à-dire l'appétit de la vie, l'envie d'embrasser le monde, de le comprendre, de s'en émouvoir, peut-être aussi le plaisir de contempler la beauté des êtres et des femmes. C'est bien ce désir-là qu'il est bon d'entretenir dans la longévité, non ?

– Bien sûr qu'il faut cultiver au maximum le désir, de toutes les manières possibles. Mais sans illusion ! Sinon, on ne peut pas disparaître demain. Accepter de mourir, c'est aussi renoncer au désir. S'il est révoltant qu'un être jeune meure, c'est parce qu'il est rempli de désirs. Dans notre kit de longévité, il y a cette notion primordiale : accepter que l'on puisse mourir demain. Il viendra, je l'espère, un moment où je serai fatigué de vivre, et alors il ne me sera pas difficile de partir. « Je commence à voir les choses comme elles sont, disait Vauvenargues, il est temps que je m'en aille. »

TROISIÈME PARTIE

La société

CHAPITRE 7

Les deux fées

Pour accompagner le présent de la bonne fée du progrès, la société a accordé aux pionniers du nouvel âge un autre cadeau : le droit de s'arrêter de travailler et de partir à la retraite de plus en plus tôt. Retraités et rentiers ! Mais on a oublié la seconde fée…

Le cadeau empoisonné

– ***Dominique Simonnet :*** *Un supplément d'âge, en bonne santé, en pleine possession de nos capacités, et si nous suivons les réflexions de Jean-Louis Servan-Schreiber, en nous délectant de l'instant… Voilà donc une perspective pour le moins sympathique, que l'actuelle génération de sexagénaires découvre avec bonheur. Mais, bien sûr, ce progrès-là va avoir des répercussions sur l'ensemble de notre société, qui ne seront peut-être pas aussi agréables…*

– **François de Closets :** Le progrès, c'est l'histoire de deux fées. La première offre régulièrement à l'humanité une découverte, une invention qui améliore notre vie : la vapeur, l'électricité, les antibiotiques, l'agriculture moderne, l'avion… Mais lui succède une seconde fée, la vilaine Carabosse, qui va tenir un autre discours : « Ce présent vous apporte certes des bienfaits, nous dit-elle, mais vous ne pourrez en profiter que si vous devinez le mode d'emploi et savez l'appliquer. »

– Mode d'emploi qui est toujours difficile à découvrir…

– L'humanité le trouve généralement avec un certain retard. Dans un premier temps, on ne voit que les effets agréables du cadeau. Prenez l'automobile : voilà une invention merveilleuse qui permet de se déplacer individuellement, à 100 kilomètres à l'heure, sans se fatiguer, en toute liberté. Une machine magique ! En un premier temps, on ne peut que se réjouir. Mais, au fil des ans, le progrès se diffuse, se démocratise. Cela aussi c'est excellent. Tout le monde devient automobiliste, on voit où cela mène : les accidents de la route se multiplient, la pollution augmente, les villes s'engorgent, et l'outil de la libération individuelle devient celui de la gêne collective. Tout cela à cause d'effets secondaires que l'on n'avait pas envisagés. « Ce n'est peut-être pas comme cela qu'il fallait s'en servir », se dit-on. Et l'on doit progressivement établir un Code de la route, réglementer la circulation, limiter le stationnement, lutter contre la pollution, limiter la vitesse, interdire l'alcool, etc. D'une manière générale, nous n'anticipons pas les inconvénients potentiels de la nouveauté. Ce n'est que tardivement, lorsqu'ils nous submergent, que nous nous réveillons et tentons tant bien que mal d'adapter notre société, afin que les effets maléfiques ne l'emportent pas sur les bénéfiques. Telle est l'histoire du progrès.

– Et ce serait donc aussi l'histoire de la longévité. Pour le moment, nous en sommes au premier stade, celui où nous nous ébahissons d'en découvrir les avantages.

– Voilà le piège ! Quand la bonne fée nous apparaît pour nous déclarer : « Vous allez vivre dix ou quinze ans de plus et en bonne santé », cela paraît merveilleux. Profitons-en ! se dit-on. Hélas, la deuxième fée n'est pas loin. Comme la voiture, le nouvel âge est arrivé doucement, progressivement. De plus en plus de gens bénéficient de plus en plus d'années de vie. Mais, une fois de plus, nous avons négligé le mode d'emploi en société. Nous savons que chaque âge de notre vie correspond à un statut social : on est jeune et étudiant, adulte et actif, vieux et retraité. Mais quel est le statut de ce nouvel âge, entre 60 et 75 ans, que nous venons de découvrir et qui ne cesse de s'étendre, cet âge pendant lequel, nous ont affirmé Joël de Rosnay et Jean-Louis Servan-Schreiber, nous restons en pleine santé ? Eh bien, nous l'avons tout simplement mis dans la catégorie « Retraite » sans y réfléchir davantage. Et nous avons fait une erreur qui risque de faire exploser notre société…

La retraite au zoo

– Vous n'y allez pas avec le dos de la cuillère ! Jusque-là, en effet, la retraite coïncidait avec la vieillesse, c'est-à-dire à une perte de capacité, à la sénescence. Ce n'est effectivement plus le cas, entre 60 et 75 ans. Tant mieux, non ?

– Faisons d'abord un petit détour par l'Histoire, et interrogeons-nous sur cette idée de « retraite » et de « vieillesse » qui existait bien avant que ce nouvel âge survienne. Dans la nature, la question ne se pose pas : sitôt que l'animal perd la pleine possession de ses moyens, qu'il devient inapte à la survie, il est éliminé d'une façon ou d'une autre. Les animaux ne peuvent pas vivre leur longévité potentielle. Ils ne trouvent le droit à la vieillesse qu'en devenant captifs et protégés. Pour eux, il n'y a de retraite qu'au zoo ! On connaît bien quelques espèces, tels les tortues et les éléphants, qui ne vieillissent pas et grandissent jusqu'à la mort. Mais ce sont des exceptions.

– Même si nous parvenons maintenant à retarder l'échéance, l'animal humain, lui, finit toujours par vieillir.

– L'espèce humaine bénéficie de l'une des espérances de vie les plus longues de tous les animaux à sang chaud, ce qui est déjà une curiosité. La règle d'or de l'évolution, c'est de sacrifier l'individu à l'espèce, de ne retenir que ce qui est bon pour la reproduction et d'éliminer ce qui pourrait la gêner. Dans cette logique, l'individu n'est utile que dans la phase de reproduction. Une fois la nouvelle génération en place, il peut disparaître et le plus tôt est le mieux. Chez les saumons, les mâles meurent après la fécondation, avant même la naissance de leurs enfants.

– Soyons-en fiers, vivre sa vieillesse est donc en quelque sorte un acquis de la culture et de la civilisation.

– Ne nous leurrons pas ! Beaucoup des sociétés dites « traditionnelles » ont pratiqué d'une manière ou d'une autre l'élimination des personnes âgées, selon différents rituels. Dans les milieux hostiles ou dans des conditions de survie extrême, il devient très difficile d'assister les vieux. Alors, ils partent, discrètement… On l'a observé chez certaines populations arctiques, mais cette euthanasie, choisie ou imposée, était plus fréquente qu'on le croit.

La sagesse perdue

– Mais, dans la plupart des sociétés traditionnelles qui pouvaient s'offrir le « luxe » d'entretenir les personnes âgées, celles-ci étaient alors particulièrement respectées, et jouaient un rôle essentiel pour la collectivité. Comme le rappelait Jean-Louis Servan-Schreiber, les grands philosophes de l'Antiquité ont vécu très longtemps.

– Ces sociétés-là valorisaient l'expérience, l'autorité, la sagesse, parce qu'elles étaient adossées au passé et qu'à l'évidence celui-ci est mieux maîtrisé par les anciens qui portent la mémoire du savoir, qui connaissent les recettes et servent de référence. Les vieux en retiraient une véritable reconnaissance sociale. Tout a basculé à partir du moment où la société s'est mise à regarder, non plus vers le passé, mais vers l'avenir, lorsque le progrès des sciences et des techniques a suggéré l'idée que l'Histoire était une incessante marche en avant. Alors, l'homme du passé a perdu le monopole de la sagesse.

– C'est en quelque sorte l'esprit des Lumières…

– Oui. J'en prends une illustration : pendant des millénaires, on a fabriqué du vin en s'en remettant aux maîtres vignerons qui avaient le tour de main et travaillaient au goût et à l'odeur. Ces gens-là étaient irremplaçables. L'œnologie est arrivée. Elle a analysé les phénomènes chimiques et physiques, mis la vinification en équations… L'expert, qui tient son savoir de l'école, a pris le pas sur le vigneron, qui, lui, le tenait de son père qui l'avait appris de son père qui l'avait appris de son père. Et encore, dans ce cas précis, conserve-t-on le respect de la tradition, l'œnologue ne dédaigne pas les avis des vieux vignerons. Mais, dans l'électronique, l'aérospatiale ou la publicité, l'ancien est toujours dépassé par le nouveau. Partout, l'autorité, la capacité de savoir et de prévoir, a basculé de la génération finissante vers la génération montante. Il s'est donc produit une perte du statut des personnes âgées qui, aujourd'hui, est telle qu'elle frise la schizophrénie.

– Pourtant, les vieux détiennent aussi des richesses, qui ne s'apprennent pas à l'école : la compétence, le savoir-faire, la sagesse, toutes choses qu'on ne peut transmettre mais qui s'acquièrent avec le temps et l'expérience.

– Considérer que toute expérience est une routine et que la valeur d'un savoir se mesure à sa fraîcheur est une folie. On l'a poussée si loin que les entreprises se retrouvent amnésiques et que certaines d'entre elles se voient contraintes de faire revenir des anciens. Mais, d'une manière générale, dans le monde moderne où règne le progrès, le statut du vieux a été perdu. Et on en est arrivé à se demander : que faire de ces gens lorsqu'ils ne sont plus en état de travailler ?

La ruse de Bismarck

– Réponse : on les assiste pour qu'ils puissent continuer à survivre, et si possible à bien vivre. Cela s'appelle « la retraite ». Nous y voilà !

– Oui. Autrefois, la France était essentiellement rurale, et dans les fermes, les vieux accomplissaient encore des petits travaux, ils trouvaient leur place, et on les nourrissait. La première retraite, c'était la famille. Mais la question va se poser différemment avec le développement du monde ouvrier. Fin XIXe, c'est Bismarck qui, le premier, va instituer les retraites. Mais à quel âge va-t-on les payer ? On raconte que ses conseillers se sont arrangés de manière à ce qu'il y ait peu d'allocations à verser : en fixant l'âge à 65 ans, ils ne couraient pas grand risque. À cette époque, les ouvriers étaient contraints à une vie professionnelle mortifère (même l'armée se plaignait de les voir épuisés au point de ne pas pouvoir les utiliser pour faire la guerre), et à 65 ans en effet, détruits par leur travail, ils ne profitaient pas bien longtemps de leur pension : deux, trois ans peut-être, rarement davantage.

– La retraite n'était donc qu'un bref accompagnement avant la disparition.

– Elle assistait un moment des gens qui ne pouvaient plus subvenir à leurs besoins. C'est dans cet esprit-là qu'elle a été instituée. Quand on a instauré un régime général en 1945, la situation sociale avait évolué. Mais, déjà, on a installé une grille de départs en retraite aberrante. Certes, il y avait quelques métiers très durs, mineurs et autres dans lesquels on partait très tôt. Mais, si l'on confrontait pour les différentes catégories l'espérance de vie et l'âge de la retraite, on découvrait que ceux qui vivaient le moins longtemps partaient le plus tard et ceux qui vivaient le plus longtemps partaient le plus tôt. L'ouvrier spécialisé cessait de travailler à 65 ans et mourait à 68, l'instituteur était retraité à 55 ans… pour quinze ans. Plus courte était votre espérance de vie, plus longtemps vous deviez rester au travail !

– Donc perversion de la bonne idée : au lieu d'assister les personnes qui ne peuvent plus se prendre en charge parce qu'elles sont épuisées par un travail pénible, on aide en priorité ceux qui en ont le moins besoin.

– Eh oui ! Les métiers les plus pénibles, ceux qui usent le plus les individus, sont traditionnellement ceux pour lesquels la retraite est la plus tardive. C'est le système à la française : on donne les avantages sociaux à ceux qui vous menacent ou qu'il faut ménager, et non à ceux qui le méritent réellement. L'État a trouvé plus facile d'offrir des droits à la retraite – qui ne l'engagent pas immédiatement sur le plan financier – plutôt que des augmentations de salaire pour lesquelles il aurait fallu dégager tout de suite les ressources. C'est aussi bête que cela ! Mais, jusque-là ce système fonctionnait, car il y avait beaucoup de personnes actives pour payer ces retraites et que les retraités avaient la politesse de ne pas vivre trop longtemps.

Drôle de progrès social

– Il faut dire aussi qu'à l'époque les allocations retraite restaient très faibles.

– On disait d'ailleurs que les vieux étaient des « économiquement faibles ». Et n'oublions pas qu'il existe toujours 700 000 personnes au minimum vieillesse. Revaloriser les retraites, ce fut la grande affaire sociale du septennat de Valéry Giscard d'Estaing, de 1974 à 1981. Tout au long des décennies suivantes, le pouvoir d'achat des retraites augmente plus vite que celui des salaires. Il est toujours difficile de comparer le niveau de vie des actifs avec leurs enfants et celui des retraités. Mais les statisticiens (je pense notamment à ceux du CREDOC) considèrent que, dans les années 1990, les anciens avaient rattrapé leur retard. Les retraites sont inférieures aux salaires, mais dès 50 ans, les deux tiers des Français sont propriétaires. Arrivant à la retraite, ils sont libérés des remboursements. Ils possèdent au total 60 % du parc immobilier. En outre, le quart détient un patrimoine, source de revenus, contre 10 % pour le reste de la population. Au total leur niveau de vie est en moyenne supérieur à celui des actifs. N'oublions pas non plus les héritages que l'on fait la cinquantaine passée.

– Simultanément, grâce aux progrès de l'hygiène et de la médecine, la durée de vie s'est allongée, petit à petit, sans que l'on s'en rende vraiment compte.

– Un trimestre par an, on n'imaginait pas que cela puisse provoquer un bouleversement. Mais, à l'arrivée, on est passé de 66 ans d'espérance de vie à la naissance au début des années 1950 à 80 aujourd'hui. Et là, on voit que l'on a changé de monde ! Résultat : la durée de la retraite s'est étirée, et son coût s'est alourdi. Dans le même temps, il y avait de moins en moins de personnes pour les payer, car les Français ont fait moins d'enfants (même s'ils en ont fait plus que leurs voisins). Les retraites sont plus nombreuses, plus lourdes, plus longues et les payeurs, les actifs, moins nombreux.

– *Équation complexe...*

– Mais que l'on pouvait voir venir, car l'horizon démographique, contrairement à la conjoncture économique, se dévoile des décennies à l'avance. Nous savons depuis longtemps déjà qu'en 2040, le nombre des plus de 60 ans aura augmenté en France de 10 millions. Cela figurait dans le Livre blanc sur les retraites remis à Michel Rocard en 1991, puis dans le rapport Charpin de 1999. Les gouvernements étaient prévenus de ce qui allait arriver. Or, non contents de l'ignorer, ils ont amplifié les déséquilibres annoncés au lieu de les compenser. À partir des années 1980, plutôt que se préparer à retarder l'âge de la retraite, on l'a avancé ! Un chef-d'œuvre d'irréalisme ! Cela a commencé avec les restructurations dans la sidérurgie. Confrontés au désespoir des bassins sidérurgiques, les hommes politiques qui ont tenté, sans grande conviction, la reconversion, ont préféré faire des retraités plutôt que des chômeurs. Solution plus humaine, moins douloureuse, mais précédent dangereux.

– *Ce qui était légitime, quand on sait l'extrême pénibilité des métiers du fer ou de la mine.*

– Oui. Les métallurgistes le méritaient amplement. Si les droits de retraite avaient été établis de manière équitable, en fonction de l'usure au travail et non des moyens de pression, ils auraient obtenu la retraite à 55 ans depuis longtemps. Ces préretraites-là ne faisaient donc que rétablir l'équité. Mais, le problème, c'est que l'on ne s'est pas arrêté là ! Dans les années

1980, le Premier ministre socialiste Pierre Mauroy a présenté la retraite à 60 ans pour tous comme un immense progrès social, au même titre que les congés payés. S'il avait parlé franchement, il aurait dit : « Nous avons décidé de nous accorder cinq années de retraite en plus, à la charge de nos enfants. » Mais nous y reviendrons.

Retraite pour les uns, chômage pour les autres

– Les hommes politiques, à l'époque, ont affirmé qu'une telle mesure luttait contre le chômage : des départs à la retraite précoces libéraient des emplois pour les plus jeunes.

– Rétablir le plein emploi en se reposant, c'était vraiment le remède idéal. S'il y a du chômage, prétendait-on, c'est parce qu'il y a trop de travailleurs et pas assez de travail. On en a déduit qu'il fallait retirer les seniors du marché du travail pour libérer des postes et faire place aux juniors. Aujourd'hui cette hypothèse se juge, comme disent les scientifiques, au tribunal de l'expérience. La réponse est sans équivoque : la France est le pays qui chasse le plus tôt ses personnes dites « âgées », en moyenne avant 58 ans : 2 Français sur 3 s'arrêtent avant même l'âge légal du départ en retraite…

– On ne peut donc pas dire que les seniors encombrent le marché du travail.

– Certainement pas. Et résultat ? La France détient en même temps deux records, qui sont évidemment liés : le plus faible taux d'emploi des seniors (un tiers seulement des 55-64 ans est encore au travail contre la moitié dans le reste du monde), et le plus fort taux de chômage des juniors (19 % contre 14,6 % de moyenne en Europe) ! Voilà la réalité : cette politique de départ à la retraite précoce que nous poursuivons obstinément depuis trente ans, et qui avait pour but de réduire le chômage, s'est accompagnée d'une augmentation constante et irrépressible du chômage des jeunes ! Ce n'est donc pas en mettant les seniors à la retraite que l'on crée du travail pour les juniors ! Ah ! Si on avait pu réduire le chômage des jeunes en cessant plus tôt de travailler, comme cela aurait été formidable ! Quelle belle solidarité entre générations ! Mais non, c'est un mythe ! L'échec est là, criant.

– À ce stade, on se demande bien alors ce qui a justifié une telle obstination à se débarrasser des plus de 55 ans.

– La France s'est fourvoyée dans une vision malthusienne de l'économie. Première erreur : on a fait comme si, à un moment donné, il y avait une quantité de travail donnée à partager entre personnes actives. En réalité, c'est notre activité, notre dynamisme, nos innovations, nos audaces qui créent la quantité de travail et la développent. Plus il y a de producteurs et de créateurs, plus il y a d'activités, et plus il y a des emplois. Deuxième erreur : on a cru que les travailleurs étaient interchangeables, que l'on pouvait en prendre ici pour les transvaser là. Faux, encore une fois ! Les jeunes générations ont des aspirations et des qualifications qui ne correspondent pas forcément aux emplois libérés par les anciens. Quand des ouvriers du bâtiment partent à la retraite, on ne trouve personne pour les remplacer. Nous marions en permanence chômage et pénurie d'emplois, voilà la réalité !

– L'aveuglement français est-il du machiavélisme, de l'ignorance ou de l'hypocrisie ?

– C'est de la lâcheté et de la démagogie ! Que l'on ait fait passer cette politique de retraite anticipée pour un acte de solidarité est un comble d'hypocrisie ! On n'a pas eu le courage de prendre les mesures qui auraient permis de relancer l'activité, et donc l'emploi, mais qui se heurtaient à des résistances et à des corporatismes. La solidarité n'a rien à voir là-dedans. Tout au plus peut-on l'admettre lorsque l'on accepte de partager le travail et le revenu, mais ce n'est guère populaire. Les Français ne sont pas coupables de cette situation. Ils ont fait confiance au discours dominant. D'un côté, on disait qu'en travaillant moins on réduisait le chômage, de l'autre, on mettait les gens en retraite de plus en plus tôt. Allez vous étonner ensuite que, sondages après sondages, ils estiment que 55-60 ans est le bon âge pour s'arrêter de travailler ! Les grandes centrales syndicales, sous la pression de l'opinion, ont été sur le point de faire de la retraite à 55 ans pour tous un grand thème de revendication. Il faut le répéter, les responsables savaient qu'en multipliant ainsi le nombre des retraités, on se retrouverait dans une impasse. Ils le savaient, mais ils n'ont pas osé dire la vérité ! Au lieu de préparer l'avenir, ils l'ont hypothéqué. Et, face à la révolte des faits, on découvre aujourd'hui qu'il faudrait retarder les départs en retraite. Mais on l'a toujours su !

L'âge d'or des seniors

– On en est là aujourd'hui, avec une retraite à 58 ans en moyenne en France. Et disons-le, la situation des retraités est généralement enviable.

– Surtout par comparaison avec celle des jeunes. Ils ne craignent plus le chômage, ils sont assurés de leurs revenus – du moins, c'est ce qu'on leur a fait croire –, ils sont souvent propriétaires, n'ont plus la charge des enfants, et sont en bonne santé : à 75 ans, plus de la moitié des gens ne souffre d'aucune difficulté de santé permanente. Bref, ils ont la maîtrise de leur vie. Au reste, 65 % d'entre eux s'estiment heureux de leur condition. Certes, il y a dans cette catégorie, comme dans toutes les autres, des pauvres, des malheureux, mais, dans l'ensemble, c'est vrai, les sexagénaires représentent la catégorie sociale la plus heureuse en France. Ce n'est pas qu'on leur ait aménagé un statut particulièrement favorable. On se serait plutôt débarrassé d'eux, mais la société va si mal qu'il vaut mieux être mis à l'écart.

– C'est ce qu'on appelle l'âge d'or des seniors.

– C'est, en tout cas ce que l'on pensera dans une ou deux décennies lorsqu'on aura revu à la baisse le paiement des pensions, l'âge de la retraite et le reste. Je crains qu'on ne revienne aux années 1950 avec des retraités économiquement faibles. Mais, pour le moment, ce n'est pas le cas. Les économiquement faibles sont les jeunes. Dans les années 1950-1960, les enfants aidaient leurs parents, aujourd'hui ce sont les parents qui soutiennent les enfants dans la gêne. Les flux financiers se sont inversés. N'allons pas pour autant culpabiliser les seniors. À l'échelle de l'Histoire, ils se seront trouvés bien placés. Juste au moment où l'on pouvait bénéficier de la longévité et de la retraite tout à la fois. Une période transitoire… Il ne faut pas non plus se noyer dans la statistique. Dans la réalité, la retraite est toujours une expérience, sinon une épreuve, individuelle. Certains la réussissent, d'autres pas. On connaît des retraités qui se recroquevillent sur eux-mêmes, mais la majorité découvre le bonheur des loisirs : voyages, sport, culture, voire de l'engagement dans des activités sociales ou humanitaires.

– Du coup, les seniors, voués à l'inactivité, ne sont plus bons qu'à une chose : dépenser leur argent.

– Notre société est incapable de leur faire une place, elle ne veut plus voir en eux que des consommateurs. Cette catégorie est d'ailleurs observée à la loupe par les professionnels du marketing comme une espèce nouvelle de hanneton ; les voyagistes leur concoctent des croisières sur le Nil ou bien adaptent des voitures à leur intention. On ne compte plus les études sur leur mode de vie, leurs appétits de consommation. On les divise en sous-catégories, on dresse des typologies, on établit toutes sortes de profils : les seniors actifs, les communicatifs, les jouisseurs, les renfermés, les recentrés… Tel est aujourd'hui le défi de la retraite : se construire une vie alors que rien n'est prévu. L'adolescent doit faire ses études, l'adulte doit travailler, le senior fait ce qu'il veut. « Consomme et tais-toi ! » C'est tout ce que la société est capable de dire. Alors les sexas se débrouillent, pour le meilleur ou pour le pire. Certains s'investissent dans la cité et deviennent un ferment indispensable du lien social, d'autres ne pensent qu'à profiter pour eux-mêmes. Là encore les seniors sont exactement semblables au reste de la population. La seule différence, c'est qu'ils ont davantage de choix dans leur comportement. Mais il y a là un immense gâchis de ressources humaines.

La ménagère de plus de 50 ans

– Paradoxalement, ce nouvel âge d'or n'est pas valorisé, loin de là ! Quand elle ne se prélasse pas sur la plage, la rare grand-mère de la publicité (qui ne fait pas plus de 50 ans sur l'image) est un peu ridicule, tout juste bonne à promouvoir des confitures. Et malgré l'évidente vitalité des sexagénaires, on continue partout à louer la jeunesse.

– Le nouvel âge est dévalorisé sur le plan intellectuel et culturel. En France, c'est franchement devenu une discrimination insupportable : il y a un rejet complet de tout ce qui est âgé.

On peut même parler d'une forme de racisme antivieux. Souvenez-vous de ce slogan scandé par des manifestants qui refusaient la réforme des retraites de François Fillon : « Nous ne voulons pas de maîtresses ridées. » Comme si la confrontation de jeunes élèves et d'une enseignante sexagénaire était une sorte d'obscénité ! D'ailleurs, nous n'osons même plus employer le mot « vieux », nous préférons dire « senior ». « Le senior est au vieux schnock ce que le malentendant est au sourdingue et le technicien de surface au balayeur : une concession onéreuse », dit justement Régis Debray. De temps à autre, on exhibe un bon vieux, comme les antisémites montrent un bon juif. La publicité présente les plus de 60 ans à la seule condition qu'ils en paraissent 40. Elle veut les atteindre sans jamais les mettre en avant, et elle exploite ce marché de manière subtile, sans se montrer à visage découvert.

– On parle toujours de la ménagère de moins de 50 ans d'ailleurs. Comme si les femmes plus âgées n'avaient tout simplement plus d'existence.

– Voyez l'ignorance et le mépris dans lesquels est tenue cette classe d'âge par la télévision. On a vu récemment en France se multiplier les nouvelles chaînes. Il y en a désormais pour tous les goûts, tous les genres : les enfants, les amateurs de voile, les fous de sport extrêmes, les gastronomes, les homosexuels... Mais, sur les quelque 300 chaînes créées au cours de ces dernières années, il n'y en a pas une seule pour les seniors ! Or, les plus de 60 ans sont aussi nombreux que les moins de 20 ans. Pis : pour une chaîne publique ou privée, avoir une audience dite « âgée » est considéré comme une catastrophe. Les directeurs de chaîne du service public répètent sans cesse : « Nous voulons rajeunir l'audience. » Cela ne choque personne. À leurs yeux, les plus de 50 ans ne sont pas seulement inexistants, ils sont néfastes, ils dissuadent la publicité.

– Les personnes âgées sont pourtant celles qui ont le plus besoin de la télévision.

– Bien sûr. Le besoin de télévision croît avec l'âge. Quand on ne peut plus se passer de télé à 30 ans, il vaut mieux casser le poste. Mais à 70 ou 80 ans, quand on ralentit ses activités, que les rangs des proches se sont éclaircis, le téléviseur devient le cordon ombilical qui relie à la société. Le public prioritaire de la télévision, en termes d'utilité sociale, est non seulement le troisième âge dont nous parlons ici, mais aussi le quatrième : les vieux, ceux qui voient la solitude arriver, qui nouent de moins en moins de contacts avec les autres. Pour ceux-là, la télévision est vitale.

Une gérontocratie qui méprise les vieux

– Dans les entreprises, il ne fait pas bon non plus d'être « vieux »…

– Voilà le comble de l'absurde ! À partir de 45 ans, un employé n'a plus droit à une formation permanente. Le *curriculum vitæ* d'un demandeur d'emploi de plus de 50 ans est jeté à la corbeille sans être lu. L'entrée sur le marché du travail est de plus en plus tardive à cause des universités parking, et la sortie est de plus en plus précoce. Nous avons des durées de carrière les plus courtes du monde, et nos entreprises sont parmi les plus « jeunistes ». Les agences de publicité se vantent d'avoir une moyenne d'âge qui ne dépasse pas 30 ans. L'employeur le plus scandaleux de tous, c'est l'État : on trouve tout à fait normal que l'EDF et la SNCF ne recrutent que des jeunes, que les millions de postes à pourvoir dans le secteur public ne soient accessibles qu'aux moins de 30 ans. La cause est entendue : cette population-là ne peut rien apporter comme richesse nouvelle à la société, elle ne peut être qu'à sa charge.

– On a honte de la vieillesse en somme.

– Oui. On a fait de la jeunesse la valeur de référence, et de la vieillesse la malédiction à cacher. Une pure représentation sociale, puisque nous ne voyons même pas que les « vieux » restent « jeunes ». Désormais on n'a plus l'âge de ses artères, on a l'âge de sa retraite. Notre société ne veut regarder que ce qui lui semble aller bien. Il est naturel que la vraie vieillesse, le quatrième âge, fasse peur et que l'on ait tendance à le cacher. En revanche, notre nouvel âge, le troisième, est le plus bel âge de la vie aujourd'hui. Mais on refuse obstinément de le considérer tel qu'il est.

– Les vieux sont partout écartés, sauf… en politique et dans les postes de responsabilité où, au contraire, ils règnent en maîtres, ce qui est pour le moins paradoxal.

– On a fait de la catégorie des seniors une catégorie privilégiée et dévalorisée, impropres à la production et à la création, à une exeption toutefois dans la politique et la gouvernance. Cherchez les moins de 30 ans à l'Assemblée nationale. Là, ce sont les plus de 70 ans qui ont le pouvoir. C'est un paradoxe invraisemblable : nous vivons dans une gérontocratie jeuniste, plus nous méprisons les vieux, plus nous leur abandonnons le pouvoir !

Tous rentiers !

– Les seniors participent à ce déni. Ils n'aiment pas dire qu'ils sont vieux.

– Difficile pour une minorité dévaluée de revendiquer sa

fierté. On situe l'âge de la vieillesse très tôt quand on est jeune, et très tard quand on est vieux. Jean-Louis Servan-Schreiber décrit très justement ce choc que l'on éprouve au cap de la soixantaine en découvrant que l'on est vieux pour les autres et jeune pour soi. Avec l'augmentation des pensions, nos gouvernants ont acheté la dévalorisation des seniors, c'est le prix à payer pour la paix entre les générations : « Vous ne connaissez plus la crainte du chômage, vous avez un niveau de vie satisfaisant, et vous n'avez rien à faire. Mais, maintenant, fichez-nous la paix ! » leur a-t-on dit en substance. Or les seniors ne forment pas une corporation comme les médecins, les viticulteurs ou les enseignants. Ce sont (jusqu'à quand ? c'est une autre histoire) des inorganisés. Ils ne peuvent donc que s'accommoder du sort qui leur est fait. Si longtemps, du moins, que ce sort ne redevient pas misérable.

– Résumons. Petit à petit, on a cessé le travail de plus en plus tôt, alors que, simultanément, la durée de vie s'allongeait. La période dite de « retraite » s'est donc étirée par les deux bouts, s'enrichissant du fameux nouvel âge dont nous parlons. On y entre, avec une perspective de dix ou quinze ans de pleine vitalité devant soi, tout en étant pris en charge par la société.

– Il y a donc un décalage complet entre la retraite et la vieillesse. La première est décrétée à 58 ans. La seconde ne survient véritablement, sur le plan physique et psychologique, qu'aux environs de 75 ans, voire 80 et plus demain. L'âge de la retraite ne correspond donc plus à une réalité biologique. On vivra les dix à quinze années du nouvel âge avec les mêmes possibilités, le même état physique, les mêmes aptitudes que les années précédentes, et entièrement à la charge de la société. Les sexagénaires, la tranche d'âge dont le nombre augmentera le plus rapidement dans les années à venir, sont désormais payés à ne rien faire. Les deux termes étant aussi impératifs l'un que l'autre. Ce n'est nullement un état physique, c'est un statut. C'est ainsi, par exemple, que sous l'Ancien Régime, le noble ne pouvait pas travailler sans déroger. Toute cette histoire le montre : les implications sociales de ce nouvel âge ont été délibérément ignorées. Une fois de plus, au lieu de s'attaquer au problème, on a payé pour ne pas voir. Et c'est maintenant que la mauvaise fée va faire son entrée…

CHAPITRE 8

La bombe Longévité

Adieu veau, vache, cochon, couvée ? Ce sont des générations entières qui vont être sacrifiées au nouvel âge d'or des seniors. À trop avancer l'âge de la retraite, la France a compromis l'avenir. Attention, grave crise annoncée : la bombe Longévité va exploser…

Sur le dos de nos enfants

– À ce stade, on aurait envie de vous dire qu'après tout ce joli sort fait aux seniors est un progrès de la civilisation, et que chacun, un jour, pourra y goûter. Il suffit d'attendre son tour. Mais on craint maintenant la sentence de votre seconde fée…

– Pour l'individu, bénéficier de 15 ans de vie en plus, de vie en parfaite santé, c'est un superbe cadeau qui devient royal lorsque la société ajoute la rente à l'existence. « Reposez-vous et soyez heureux. » Qui ne se conformerait à une telle injonction ? Cela semble parfait sur le plan individuel. Dommage que, sur le plan collectif, cela ne puisse plus continuer. Car il y a aussi la vilaine fée, et voici la sentence : « Vous venez de recevoir votre cadeau : un supplément d'existence que vous pourrez déguster en bonne santé, en pleine possession de vos moyens. Il y a une contrepartie : vous devrez assumer votre part du cadeau car il sera trop lourd pour vos enfants. » Car cette belle vie en plus, il faut bien que quelqu'un la paye ! Or nous ne nous trouvons pas dans un rapport social classique.

– *Expliquez-nous cela.*

– Habituellement, quand un conflit social éclate, le compromis qui devra le conclure est à rechercher entre différents acteurs, actionnaires, salariés, patrons, fonctionnaires, paysans, étudiants… Chacun de ces groupes veut la part la plus importante possible du gâteau, et le jeu consiste à donner un peu plus aux uns en prenant un peu aux autres. Entre salariés et patrons, on peut toujours miser sur une croissance de l'entreprise qui fera grossir le gâteau. Or, quand on parle des retraites, on n'est plus du tout dans la même configuration. Ceux que l'on va ponctionner ne sont pas nos contemporains : ce sont nos enfants ! C'est sur leur dos que nous nous octroyons de généreux droits de retraite, et ils n'ont pas leur mot à dire. Comme le souligne l'imprécateur de notre laisser-aller, Michel Godet, les générations futures ne sont jamais représentées, ni entendues. Il y a quelques années, le démographe Alfred Sauvy le disait déjà : « Nos enfants, c'est notre retraite ! » On n'en avait pas saisi toute la signification à l'époque, l'incroyable c'est qu'on ne l'a toujours pas compris aujourd'hui.

– *C'est pourtant ce que l'on pratiquait autrefois dans le cadre familial : d'une certaine manière, les gens faisaient des enfants pour que ceux-ci puissent les relayer et les aider plus tard. Ils se donnaient ainsi une sorte d'assurance sur la vie.*

– Que les enfants soient une forme d'assurance vie ou de retraite est encore une réalité dans les pays du tiers monde. C'est d'ailleurs l'une des raisons de l'explosion démographique : les pauvres ont besoin de beaucoup d'enfants pour être aidés lorsqu'ils ne pourront plus subvenir à leurs besoins.

– Chez nous, ce n'est pas scandaleux que les générations futures aident leurs parents et leurs grands-parents, et en assument le poids financier.

– Sans doute puisque la génération qui paye a déjà été assistée dans son jeune âge et sera assistée à son tour dans son troisième âge. Mais est-il normal de décider que des gens en pleine santé seront désormais à la charge de leurs enfants ? Imaginez que, dans une ferme, que je suppose fermée, c'est-à-dire vivant en autarcie, le père de famille déclare soudain à 57 ans : « Ça y est ! J'ai l'âge ! Maintenant, je ne travaille plus, c'est vous qui allez m'entretenir ! – Mais, papa, il y a grand-père dont on doit s'occuper, et les enfants ; et puis, tu as encore plus d'énergie que nous… – Non, j'arrête, j'ai l'âge ! » Une telle attitude semblerait absurde, n'est-ce pas ? C'est pourtant celle que nous avons adoptée à l'échelle de notre société. Or ce n'est pas une question de morale, mais de simple réalité. À terme, les effets de la longévité s'accroissant, ce système ne peut pas fonctionner. C'est aussi simple que ça. Aujourd'hui, le couple dans sa ferme a deux enfants, et il est seul à travailler. Il doit faire vivre sa progéniture, mais aussi ses deux ou quatre grands-parents, et ses arrière-grands-parents. Les seniors peuvent s'accommoder de la situation, mais pas les enfants. L'équation devient insoluble. S'il n'y a plus de solution, alors il y aura conflit. Nous allons vers une guerre des générations.

Une génération écrasée

– Conséquence principale de l'apparition du nouvel âge et de l'insolent triomphe des seniors, les générations suivantes vont donc être écrasées par le poids des charges que ceux-ci ont fait peser sur elles. Que va-t-il se passer ?

– Prenons la génération des 25 ans qui va entrer sur le marché du travail. D'ores et déjà, elle est taxée pour le remboursement de nos dettes dont les frais financiers coûtent chaque année l'équivalent de l'impôt sur le revenu. Et l'on sait que cela ne fera que s'aggraver dans l'avenir. La France n'a pourtant subi aucune guerre ni aucun malheur, et ne s'est enrichie d'aucune modernisation coûteuse qui justifierait un tel gouffre. Mais enfin, quand le vinaigre est tiré, il faut le boire. Et la voilà taxée une seconde fois par les effets mécaniques du vieillissement de la population. La dette représente 3 points de PIB, le vieillissement de la population en ajoutera 4 au titre des retraites, et ce n'est pas fini ! Les dépenses de santé liées à ce vieillissement vont elles aussi croître considérablement, notamment celles qui concernent les affections de longue durée, telles les pathologies neurodégénératives, les diabètes, la maladie d'Alzheimer, la maladie de Parkinson. C'est bien joli, la piété filiale, mais elle ne doit pas étouffer la vie.

– Cette génération aura d'autant plus de mal à assumer ces fardeaux qu'elle aura une vie professionnelle courte, entre 25 et 58 ans.

– Si l'on maintient ces normes, ce n'est plus de tensions dont il faut parler, c'est de rupture. À cause de la mondialisation et de la prise en main des entreprises par les puissances financières, notamment les fonds de pension, les conditions de travail sont partout devenues plus dures, plus stressantes : les salariés vont s'épuiser à rentabiliser le capital détenu par des… retraités d'autres pays. Résumons : la nouvelle génération devra donc payer l'éducation de ses propres enfants, les retraites de ses parents, les dépenses de santé très lourdes de ses grands-parents, les dettes contractées par les générations précédentes, et les retraites des actionnaires étrangers ! Elle travaillera comme une folle, sous des contraintes épouvantables, dans l'espoir d'arriver le plus tôt possible au moment béni où, enfin, elle se mettra à la charge de ses enfants ! Le beau projet de vie !

– La longévité, que nous jugions si séduisante dans les chapitres précédents, se révèle avec vous une bombe qui risque d'exploser dans un douloureux conflit entre générations.

– Il est évident que le choc d'intérêts entre les générations actives et les générations retraitées va se produire. Toutes ces tensions s'accumulent, et vont devenir intolérables. Ajoutons, pour noircir encore le tableau, que le vieillissement de la population aura pour conséquence inévitable de diminuer la croissance (actuellement aux alentours de 2 %, elle sera probablement plus proche de 1 % dans les vingt années à venir), que les engagements en matière de retraite vis-à-vis des agents de l'État ne sont pas provisionnés, que l'assurance maladie et les caisses vieillesse connaissent des déficits abyssaux…

Crise en perspective

– … et que, comme l'annonce Joël de Rosnay, la durée du nouvel âge va augmenter elle aussi, et donc, avec elle, le nombre des années de retraite à payer.

– Oui. Si jamais se réalisent les perspectives qu'envisage Joël de Rosnay, si le basculement dans la vraie vieillesse se fait à 90 ans et si l'espérance de vie monte jusqu'à 100 ans, alors là ! Peut-on imaginer que tout le monde soit rentier de 58 ans à 100 ans ? Mesure-t-on les gains de productivité, les prouesses économiques qu'il faudrait réaliser ? On voit bien qu'un tel système ne peut pas fonctionner. Si on reste sur les bases actuelles, selon lesquelles toute année de pleine santé gagnée doit être payée par la génération au travail, je le répète : nous allons vers l'explosion.

– *Elle est sévère, votre seconde fée !*

– Sans doute, ajouterait-elle pour mettre un terme à nos récriminations : « Je vous ai donné des années de vie en plus, mais je n'ai jamais dit qu'elles devraient être à la charge de vos enfants ! Si vous maintenez cette erreur, vous ferez craquer votre société. Vous transformerez ce qui fonctionne bien, la solidarité des générations, en une source de conflits inexpiables. »

– *Encore faudrait-il qu'on entende son message, ce qui est loin d'être le cas aujourd'hui. La lâcheté dont vous parliez, et qui a présidé à cette politique assez désastreuse, est toujours d'actualité.*

– Ni les dirigeants ni le public n'ont compris l'erreur qui a été commise avec le nouvel âge. Ces dix à quinze ans de bonus doivent se raccrocher à la vie active et non pas à la retraite. Pendant cette période-là, nous devrions, pour l'essentiel, subvenir à nos besoins. Si longtemps que l'on n'aura pas admis ce principe, que l'on se voilera la face en parlant de conquêtes sociales, de droits acquis, on n'en sortira pas. Et, lorsque l'on aura admis cette évidence, il restera à en tirer les conséquences et ce sera très compliqué et très difficile. Notez que la plupart des études vont dans ce sens, mais elles ne remontent pas à l'erreur initiale. Peu importe d'ailleurs qu'on interprète le passé d'une façon ou d'une autre, on arrive au même constat pour le présent, aux mêmes perspectives pour l'avenir. On ne peut pas maintenir un équilibre intergénérationnel durable sans remettre en question l'âge des départs à la retraite, ainsi que le taux des allocations et celui des cotisations. Nous étions partis sur l'équation des quatre fois vingt : dans une vie de quatre-vingts ans, les vingt premières années se passent en débit vis-à-vis de la société qui nous éduque, une dette que l'on rembourse dans les vingt années suivantes avec son travail, puis on se constitue des créances de 40 à 60 ans et l'on se fait payer dans les vingt années restantes. Cette équation est déjà impossible à boucler. Si vous ajoutez une entrée dans la vie active retardée, une sortie anticipée, des dettes à payer, une espérance de vie qui s'allonge et une natalité qui se traîne, alors rien ne va plus ! Il faut refaire le jeu.

Le piège des « droits acquis »

– Je crains que la France ait beaucoup de difficultés à relever un tel défi. Il faudrait que les hommes politiques aient le courage de s'opposer aux nombreux corporatismes qui prétendent agir pour la cause sociale.

– Par faiblesse, la classe politique a sombré dans la démagogie. Nos dirigeants ne savent plus conquérir le pouvoir que par des moyens qui interdisent de l'exercer. C'est le « après moi, le déluge », lequel déluge les balaye immanquablement à l'échéance suivante. L'idée s'est donc imposée que l'on ne doit rien dire qui puisse fâcher, rien faire qui puisse mécontenter. Et comme il existe toujours un homme ou un parti pour promettre la réforme par les cadeaux et la guérison avec les bonbons, les Français ne sont pas d'humeur à entendre la vérité, et les hommes politiques se réfugient derrière l'opinion pour la cacher. Mais, dans le dialogue politique, il appartient aux politiques d'informer le peuple et pas l'inverse. Les gens voient ce qui se passe aujourd'hui autour d'eux. Pour l'avenir, ils s'en remettent à des dirigeants censés l'avoir étudié. Ce n'est quand même pas au citoyen de dire : « Monsieur le Président, est-il bien raisonnable d'avancer la retraite quand la mort recule ? » Ce devrait être l'inverse. C'est la classe dirigeante qui détermine les limites du possible et de l'impossible. Lorsqu'on fait un sondage sur la retraite à 55 ans, cela implique que c'est possible. On n'embête pas des sondés sur des questions impossibles. Ce n'est pas une vraie interrogation, mais plutôt une affirmation. La réponse va donc de soi. Pourquoi ne pas en profiter ? Les Français ne sont pas maso, ils seraient même plutôt jouisseurs. C'est une vertu, jusqu'à ce qu'on tombe sur de mauvais maîtres.

– *Certaines personnes commencent quand même à s'inquiéter…*

– C'est vrai. Vingt-cinq ans de vie inactive dans sa jeunesse, trente-cinq ans de vie active, vingt-cinq ans de retraite et des retraités en pleine forme, cherchez l'erreur ! Mais on préfère ne pas en parler. Des avertissements ont été donnés de différents côtés par des rapports, des livres prémonitoires comme ceux de Michel Godet, de Régis Debray ou de Robert Rochefort sans compter tous les rapports.

– *Ni à gauche ni à droite d'ailleurs. La plupart des syndicats préfèrent eux aussi se cacher la réalité du nouvel âge.*

– Il y a deux raisons à cela. D'abord, on considère que la retraite à 60 ans est le résultat d'une conquête sociale, sans reconnaître qu'elle est arrachée, non pas au patronat ou aux « grandes fortunes », mais aux prochaines générations qui n'ont pas leur mot à dire. Comment peut-on remporter des conquêtes sociales sur nos descendants ? Ensuite, nous cultivons en France l'idée des « droits acquis ». C'est un concept essentiel et légitime quand il s'agit d'avancées fondamentales telles la liberté d'expression, de circulation ou de conscience. Mais quand cela concerne la situation économique et démographique, cette idée de « droits acquis » devient absurde. Lorsque le régime de retraite a été institué, il y avait cinq actifs pour un retraité. Actuellement, la France compte deux actifs pour un retraité ; dans quelques décennies, on passera à un actif pour un retraité. Parler dans ces conditions de « droits acquis » est une aberration. Les passagers du *Titanic* avaient acquis le droit de rester à bord, mais, au moment du naufrage, il valait mieux y renoncer et chercher une place dans un canot de sauvetage.

Tout va très bien, Madame la Marquise !

– *Mais, pour beaucoup, la retraite à 58 ans est désormais acquise. On voit mal alors comment on pourra y revenir…*

– Si l'on se place sur le seul plan de la confrontation sociale, si l'on garde en tête qu'il s'agit d'une conquête sociale à défendre bec et ongles, on n'en sortira pas. Les événements de novembre 1995 l'ont bien prouvé. Prévoir que les cheminots partiraient en retraite à 53 ans était ressenti comme un scandale, sachant que leurs collègues européens travaillaient dix années de plus, sachant aussi qu'ils ne conduisent plus ces monstres à la gueule incandescente qu'étaient les locomotives à vapeur. Croyez que, si la réforme s'était imposée, la gauche se serait bien gardée de revenir en arrière. Mais l'opposition corporatiste, prévisible au demeurant, n'a eu raison du plan Juppé qu'en bénéficiant d'un large soutien populaire. C'est cela le véritable enseignement du conflit. Les Français ne voyaient là qu'une revendication classique, et ils étaient de cœur avec les grévistes comme il est de tradition. Notez aussi que l'on a beaucoup insisté sur les servitudes du cheminot qui ne couche pas tous les soirs chez lui, alors que personne ne s'interroge jamais sur les servitude du personnel de restauration qui se tient à notre service tous les soirs jusqu'à minuit.

– Les cheminots font partie de la mythologie syndicale, pas le personnel de restauration.

– Voilà le drame. C'est la caverne platonicienne où l'on confond l'ombre projetée sur le mur et la réalité elle-même. Nos idéologues ne voient la société qu'à travers les représentations venues du XIXe siècle. L'ennuyeux, c'est qu'ils imposent cette vision. Ainsi à la RATP, les conducteurs du métro sont traditionnellement mieux considérés et mieux traités que les conducteurs de bus. Pourtant chacun constate qu'il est plus pénible, plus difficile, voire plus dangereux de conduire un autobus dans les embarras de Paris et les zones inquiétantes de la banlieue que de faire rouler une rame sur ses rails. Au reste, on peut automatiser cette dernière fonction alors qu'on ne pourra jamais le faire pour la première. Pourquoi donc reconnaître cette primauté au rail sur la route ? Pour des raisons historiques tout simplement. Les bus ont remplacé les transports hippomobiles, leurs conducteurs sont les successeurs des cochers, postillons, palefreniers, métiers peu valorisés ; au contraire, le train a utilisé la technique glorieuse du chemin de fer pour pénétrer dans les entrailles de la Terre. Un fantastique exploit technique. Les conducteurs réunissaient l'héroïsme des mineurs et la vaillance des cheminots. Cent ans après, l'image ancienne est toujours présente. Notre politique sociale ne repose que sur des mythes sans le moindre rapport avec la réalité vécue par la population.

– Après l'échec d'Alain Juppé, c'est Lionel Jospin qui a hérité du dossier. Un certain nombre de rapports l'ont alerté sur l'imminence de la crise.

– Le Premier ministre, Lionel Jospin, qui avait devant lui cinq années de pouvoir assuré, a décidé… de commander un rapport alors qu'il en avait déjà plein ses tiroirs. Celui-ci, le rapport Charpin, d'excellente facture, annonçait très bien ce qu'il fallait faire de toute urgence, et surtout, ce qui arriverait si l'on ne faisait rien. Lionel Jospin se dépêcha de créer un Observatoire des retraites – ça ne fâche personne – et de commander un second rapport plus approprié. Celui-ci, préparé sous l'irresponsabilité de René Teulade, présenta le remède miracle pour payer les retraites. Il suffisait de maintenir le système tel quel et de décréter que la France aurait une très forte croissance dans l'avenir. Le gouvernement Jospin ne se le fit pas dire deux fois, et respecta scrupuleusement l'injonction de ne rien faire.

Déni de réalité

– En somme, il suffit de changer les prévisions pour éliminer le problème. Ou, tout au moins, refiler le mistigri au gouvernement suivant.

– Je me souviens d'avoir participé, à la fin des années 1970, à une commission du plan sur l'énergie. Il y avait là des représentants des syndicats et des grands organismes. À la première réunion, on nous distribue des prévisions de croissance pour les quinze prochaines années établies par le ministère, en fonction desquelles nous avions à définir les besoins énergétiques du pays. Incident ! Les syndicats refusent de discuter sur cette base parce qu'il est indiqué que, dans dix ans, le taux de chômage sera toujours important. Ils ne veulent pas accepter cette « résignation » face au chômage.

– Que s'est-il passé ?

– Eh bien, on a renvoyé la copie aux services de la prévision qui ont postulé un taux de croissance extravagant ayant pour résultat automatique de faire baisser le chômage à venir. Les syndicats étant satisfaits, on s'est remis à discuter… Cette fiction a réjoui Électricité de France, car elle lui a permis de justifier le développement d'un parc de centrales nucléaires surdimensionné. C'est ainsi que l'on procède en France : on augure que le bon vent miraculeux de la croissance finira par se lever, et que tout sera résolu : le chômage, comme le règlement des retraites.

– On pratique le déni de réalité à très grande échelle ! Si la prise de conscience ne vient pas des syndicats ni des hommes politiques, d'où peut-elle bien venir ?

– Des faits ! Face à la révolte des faits et des équilibres financiers, nous serons contraints de réagir et d'agir : soit en massacrant les pensions, soit en augmentant les prélèvements à des niveaux insupportables, soit, plus raisonnable, en reculant l'âge de la retraite.

La retraite à 70 ans !

– Impossible d'aborder la question du nouvel âge et de la retraite sans considérer la donnée démographique : le nombre des seniors ira croissant. La France se trouve-t-elle dans la situation la plus critique ?

– La population vieillit pour deux raisons. Première donnée : nous vivons plus longtemps, donc le Français moyen prend des cheveux gris. En France, l'âge moyen de la population était de 32 ans en 1975 ; il est monté à 38 ans aujourd'hui, et passera à 43 ans en 2025. C'est une tendance mondiale. À la même date, l'âge moyen sera de 51 ans en Italie, 48 ans en Allemagne, 43 ans en Corée du Sud, 46 ans en Chine (à cause de la politique de l'enfant unique). En revanche, il restera à 39 ans aux

États-Unis (grâce à l'immigration) et à 34 ans au Brésil (qui a encore une très grosse fécondité). Deuxième donnée : nous faisons moins d'enfants. Mais nous en avons relativement plus que les Allemands, les Italiens, les Espagnols. L'indice de fécondité est de 1,89 % en France contre 1,30 % en Italie et en Espagne. Rappelez-vous le mot d'Alfred Sauvy : « La retraite, c'est les enfants ! » De ce point de vue-là, nous ne sommes pas mal placés. Mais vous voyez bien qu'il ne s'agit en rien d'un problème politique particulier à la France. C'est une conséquence générale du progrès partout où un tel progrès se réalise. Notre bonne natalité nous situe plutôt bien par rapport à nos voisins, mais il a fallu que nous gâchions cette chance en nous faisant les champions de la retraite précoce.

– Les autres pays, qui voient aussi leur population vieillir, n'ont pas commis cette erreur ?

– Pas au même degré que nous et, partout, ils font machine arrière. L'âge de la retraite recule dans tous les pays. Au Japon, on travaille au moins jusqu'à 65 ans, et on parle d'aller jusqu'à 70, voire 75 ans, en 2020. En Grande-Bretagne, en Italie, en Espagne, c'est 65 ans pour les hommes et les femmes, 67 ans en Allemagne, entre 65 et 68 ans aux États-Unis. En Suède, on prévoit une période de départ en retraite de 61 à 70 ans, et les deux tiers des hommes sont en activité entre 55 et 65 ans (en France, à peine le tiers). En Finlande, tout salarié peut continuer à travailler jusqu'à 68 ans en majorant sa pension d'un quart.

– Ce pays avait pourtant autrefois le taux d'emploi des seniors le plus faible.

– Oui, et c'est même un exemple qui pourrait nous inspirer si nous voulions bien cesser de faire la leçon au monde entier. Ces pays ont réussi à inverser la tendance. Notez que, chez eux, ce sont les cols bleus qui prennent leur retraite plus tôt et les cols blancs plus tard (en France, c'est à la Banque de France que l'on part en retraite par anticipation). Il ne s'agit pas de recopier ces expériences chez nous, mais d'en tirer des enseignements. L'heure de la modestie n'a toujours pas sonné. Quand la France a édicté la retraite à 60 ans et la semaine de 35 heures, elle a proclamé haut et fort qu'il s'agissait d'une nouvelle forme de progrès social. L'Europe, se félicitait Mme Aubry, allait nous imiter. Où sont-ils aujourd'hui, ces pays adorateurs du modèle français ?

– Reculer l'âge de la retraite, donc. La proposition paraît incongrue en France, mais ce serait, selon vous, une nécessité absolue.

– Attention ! Personne ne dit « 70 ans tout de suite pour tout le monde ». Ce serait une absurdité. Le rapport Charpin montrait que, si l'on voulait conserver nos cotisations et nos pensions en l'état, alors il faudrait travailler au moins six années de plus en 2040. Mais ce n'est pas à compter d'aujourd'hui et, surtout, on peut aussi jouer de la hausse des cotisations et de la baisse des pensions. Mais, en tout état de cause, il faudra rester au travail plus longtemps. Cela se fera en jouant sur la durée des cotisations. C'est la voie suivie par la réforme Fillon. En théorie, il est toujours possible de partir plus tôt à moindre pension. En pratique, la majorité des gens devront travailler plus tard pour totaliser le nombre de trimestres nécessaires à leur retraite. Quand se décidera-t-on à expliquer que cet âge devra reculer pour tout le monde, qu'il ne s'agit en rien d'une régression sociale, mais d'une nécessité du progrès, de la compensation de nos années de vie supplémentaires ?

– Et ce sera encore plus vrai, si l'on fait prochainement les percées annoncées par Joël de Rosnay en matière de longévité.

– Malheureusement, nous refusons toujours de comprendre qu'il ne s'agit pas d'un choix politique mais de l'apparition d'un nouvel âge. Si cet allongement de la vie se traduisait par des années supplémentaires de vraie sénescence et d'incapacités, ce serait épouvantable. Nous serions dans une situation inextricable. Mais ce n'est pas le cas. La bonne fée ne nous a pas abandonnés, elle nous a donné pour l'essentiel un allongement de la vie en pleine capacité. Alors, ne soyons pas stupides ! Dès lors que les individus gagnent ce supplément d'âge et de vitalité, ils doivent subvenir à leurs besoins sans se mettre à la charge de leurs enfants. Remarquez que, depuis peu, on ne parle que de « développer l'emploi des seniors ». C'est un premier pas qui semble bien difficile à franchir. En somme, nous essayons, vaille que vaille, d'appliquer la retraite à 60 ans alors qu'il faudrait partir vers 65. En publiant son ouvrage, *La Retraite à 60 ans ?*, l'économiste Robert Rochefort a mis un point d'interrogation à son titre. Sage prudence. Mais, entre nous, je pense qu'on peut remplacer l'interrogatif par le futur.

CHAPITRE 9

Le travail en plus

Pourquoi avoir décrété que le travail était une calamité ? Pour désamorcer la bombe Longévité, il faut s'armer de bon sens et réhabiliter l'activité. Oui, on vivra plus longtemps, mais en travaillant. Ce qui n'est pas incompatible avec le bonheur.

Doigts de pied en éventail

– Votre démonstration nous a conduits à une conclusion inévitable : il faut inverser la politique prétendument sociale qui a été conduite depuis quelques décennies en France. En prenant acte que notre supplément d'âge, notre vie en plus, est un surcroît de vitalité, chacun devrait donc accepter de travailler plus longtemps. Mais la retraite à 70 ans, je crains que cela ne soit pas facile à admettre…

– Pour retomber sur nos pieds, il faut d'abord faire acte de pédagogie. Rappelons que nous avons commis une grave erreur de nomenclature : nous avons classé la vie en plus dans la catégorie « Retraite » alors qu'il aurait fallu la mettre dans le rayon « Vie active ». Et expliquons le problème clairement : « Vous avez gagné un nouvel âge. Entre 58 et 70 ans, vous serez en pleine santé, parfaitement capable de travailler, vous ne serez pas “ vieux ”, et vous pourrez continuer à gagner votre vie sans mettre en danger l'avenir de vos enfants. Pendant ce temps-là, ceux-ci devront élever leurs propres enfants, payer leur loyer, travailler dans des entreprises de plus en plus stressantes, toujours menacés par le chômage, accablés d'impôts, rembourser les dettes de la génération précédente, subvenir aux besoins et aux frais de santé des vrais vieux… Il n'est donc pas possible que vous soyez à la charge des plus jeunes, attendez pour cela d'être vieux. »

– C'est assez clair, en effet. Mais ces jeunes dont vous parlez aspirent eux aussi à passer le fameux poteau des 58 ans et à se la couler douce à leur tour. « Maintenant, c'est à nous ! » diront-ils, d'autant plus qu'ils seront épuisés par leur vie professionnelle. Il y a une autre grande difficulté : ils considèrent de plus en plus le travail comme ne faisant pas partie de la vraie vie, comme une corvée dont il faut se débarrasser au plus vite.

– La question posée est celle-ci : le travail est-il compatible avec le bonheur ? S'il doit être présent dans ces années de vie en plus, est-ce que cela signifie que l'on est puni, floué, défavorisé, qu'il faut renoncer à être heureux ? Le drame, c'est que toutes les forces politiques et sociales ont dévalorisé le travail. Il y a quelques décennies, on avait l'espoir que, les avancées techniques aidant, il deviendrait de plus en plus enrichissant et intéressant : le progrès pouvait faire disparaître les activités les plus pénibles, les plus répétitives, et les emplois pouvaient se charger de sens, participer à l'accomplissement de soi, et trouver leur place dans une vie épanouie. Un espoir qui n'est plus de saison.

– Qu'est-ce qui, selon vous, a dévalorisé l'idée du travail à ce point ?

– Simplifions : elle n'a pas résisté à l'action conjuguée des forces de gauche et des forces de droite. Dans les années

1960-1970, on a prétendu développer un modèle d'entreprise qui aurait rendu le travail moins aliénant. La droite misait sur la participation des salariés, sur un enrichissement des tâches, sur une responsabilité et une autonomie données aux différents niveaux de décision. Ainsi l'usage intelligent du progrès permettrait de surmonter la malédiction biblique qui pèse sur le travail.

La folie de la rentabilité

– Les règles du jeu ont changé sous la pression de la mondialisation.

– Malheureusement, ce capitalisme industriel a été remplacé par un capitalisme purement financier. Au passage, le travailleur a disparu du paysage. Désormais l'entreprise n'a plus qu'une finalité, non pas d'être rentable, ce qui est indispensable, mais d'augmenter sa rentabilité : 10 % tous les ans. Le salarié n'est plus qu'un moyen, un parmi d'autres, pour atteindre cet objectif. Un moyen que l'on adapte, que l'on déplace, que l'on élimine en fonction de cette course au profit. Comment le travail pourrait-il conserver le moindre sens dans une économie à ce point déshumanisée ? Simultanément, on a vu, dans le monde entier, des patrons s'octroyer des salaires qui tiennent de l'abus de bien social. Ce qui provoque l'écœurement du personnel et finit par démobiliser jusqu'aux cadres supérieurs. Pourquoi donc travailler comme une bête à seule fin que des managers de passage fassent fortune en quelques années ? Le capitalisme financier a si bien dévalorisé le travail qu'il en a fait une antivaleur, un objet de rejet.

– La gauche ne s'est pas mieux comportée. Elle qui autrefois magnifiait l'effort et le bon ouvrage, elle a, elle aussi, dévalorisé le travail.

– Exactement. Le progrès social s'était traduit par une réduction quantitative du travail, mais il conservait une valeur qualitative. La gauche l'a détruite. Désormais le mieux de travail, c'est le moins de travail. La gauche a multiplié les mesures qui véhiculaient le même message : « Moins on travaille, plus on est heureux ! » En prenant sa retraite plus tôt, en ne faisant que 35 heures par semaine… Les 35 heures ont eu un extraordinaire effet démobilisateur, elles ont fait le deuil de ce travail qui aurait trouvé un sens et un intérêt. À partir de cette mesure, la vraie vie a basculé vers les loisirs. La gauche a abandonné l'idée de réformer le travail pour le rendre plus humain. Elle l'a irrémédiablement réduit à son aspect aliénant. Ce n'est plus une valeur. Alors que les salariés américains vivent leur mise à la retraite comme un drame, les Français, dans leur majorité, ne rêvent que de s'arrêter le plus tôt possible. Aujourd'hui, c'est clair : celui qui peut vivre sans travailler est considéré comme plus heureux que celui qui travaille.

– Nous sommes décidément au royaume du paradoxe, car cette dépréciation du travail s'est produite au moment où celui-ci est devenu moins pénible…

– … où, objectivement, le progrès nous a donné des moyens qui auraient pu le rendre moins pénible. On a bien adopté des machines pour accomplir les tâches pénibles qui, autrefois, exténuaient physiquement les hommes. Mais on est passé de l'entreprise type années 1960, qui était gérée en prenant en compte l'intérêt du personnel (et pas seulement celui des actionnaires) à une entreprise financiarisée où l'on serre chaque ligne budgétaire – ce sont les fameux *cost-killers* – en cherchant de manière obsessionnelle les moyens de faire toujours plus avec moins de personnes et moins de moyens.

Tapez sur #

– Ce qui relève d'ailleurs d'une mauvaise gestion : le personnel, démotivé, ne concourt pas au dynamisme de l'entreprise, et celle-ci se lance dans la compétition avec des moyens réduits, comme handicapée. En somme, on a rendu le travail insupportable d'une autre manière.

– Il est devenu plus pénible, plus stressant, dans beaucoup d'entreprises aujourd'hui, et notamment pour les cadres. De plus, la gauche a augmenté le niveau du Smic (c'est le pays où il est le plus élevé), ce qui a eu pour conséquence de pousser les patrons à remplacer les hommes par des robots. On en a une belle démonstration quand on essaie d'appeler sa banque ou de réserver une place de train.

*– « Faites le 1, tapez #, donnez votre code confidentiel, appuyez sur *, calculez l'âge du capitaine… Je n'ai pas compris votre demande. Au revoir ! »*

– Oui. On a supprimé, dans les banques notamment, de bons emplois qui entretenaient les relations humaines, créaient du lien, et n'étaient pas menacés par la Chine, pour les remplacer par des robots téléphoniques. Les 35 heures qui ont augmenté le coût du travail, l'exigence d'une super-rentabilité, la pression accrue du chômage sur les actifs, la déshumanisation des entreprises… tout va dans le même sens. Cela produit une France éclatée entre ceux qui vivent dans un stress incessant et ceux qui comptent leur RTT. Ceux qui pourraient aimer leur travail n'en ont pas, ceux qui ont un emploi n'aiment pas leur travail. Impossible de prendre le travail pour ce qu'il est : un effort, une contrainte, qui peut aussi, mais pas automatiquement, enrichir l'existence.

– Ce rejet du travail s'exprime même chez les plus jeunes qui, à 25 ans, calculent leurs points de retraite.

– Nombre de jeunes Français sont maintenant persuadés que travailler, c'est se faire avoir, c'est être cons, et que le bonheur commence quand le travail cesse. Sans réaliser d'ailleurs qu'en cultivant un tel état d'esprit, ils pourrissent leur vie professionnelle. Désormais, il est entendu que, dans son parcours, on va en baver, en baver, en baver, jusqu'au moment où, enfin, on ne travaillera plus ! On ne peut pas continuer de la sorte. Le travail est une nécessité, n'en faisons pas une malédiction ! Pour cela, il faut améliorer le contenu des tâches, les conditions de travail, mais aussi les contreparties. La pénibilité, la vraie, celle que l'on constate sur le terrain, pas celle des tracts syndicaux, doit être compensée, et les métiers qui n'attirent plus doivent rapporter davantage. Manuels avant intellectuels ? Pourquoi pas ?

Escadron de fées

– Si, comme vous le dites, nous n'avons pas d'autres solutions que de remettre la population du nouvel âge au travail, cela sera d'autant plus difficile que celui-ci est considéré comme une calamité. La crise que vous décrivez est économique, sociale, culturelle, mais elle relève aussi de la psychologie collective, et elle se heurte au consensus hypocrite de tous les acteurs, syndicats comme hommes politiques, droite comme gauche. Il nous faudrait un escadron de bonnes fées pour nous sortir de là !

– Les choses ne sont pas si compliquées qu'on le croit... La population active n'a pas cessé d'augmenter : de 21,5 millions de personnes en 1968 à plus de 26,5 millions aujourd'hui. Mais, maintenant, nous n'atteindrons jamais 27 millions. À partir de 2006, le nombre des départs en retraite l'emporte sur celui des entrées sur le marché du travail et la décroissance se poursuivra inexorablement. C'est le choc de 2006 annoncé par Michel Godet. Or, d'ores et déjà, la France souffre d'une pénurie de main-d'œuvre, non pas quantitative mais qualitative. C'est un sujet que l'on n'ose guère évoquer, des faits politiquement incorrects. Mais les employeurs éprouvent des difficultés à recruter pour la moitié des offres d'emplois, et cela atteint 80 % dans certains secteurs. Ce sont des centaines de milliers d'emplois qui ne trouvent pas preneurs dans le bâtiment, la restauration, le commerce, l'artisanat. Demain nous manquerons de hautes qualifications, des chirurgiens aux électroniciens. La difficulté de trouver des maçons en France est même devenue un sujet de plaisanterie qui fait les best-sellers de certains auteurs anglais. Prétendre qu'on ne manque pas de plombiers de France – afin de conjurer le spectre du plombier polonais – relève du plus aveugle corporatisme.

– Pénurie de main-d'œuvre mais taux de chômage important, on l'a vu, ce n'est pas incompatible.

– Les deux vont de pair. Car, entre les désirs et les formations des jeunes d'une part, et la réalité de l'emploi d'autre part, il y a un gouffre. Il y a probablement plus de personnes ayant les compétences recherchées chez les seniors que chez les juniors. Maintenir au travail des gens au-delà de 60 ans n'augmentera pas le chômage pour les jeunes, au contraire : cela créera de l'activité qui, à son tour, générera de nouveaux emplois.

– Certains envisagent de recourir à l'immigration pour combler cette pénurie.

– C'est une illusion. Ou bien on accueille une main-d'œuvre non formée, poussée par la misère, et l'on aura encore plus de chômeurs sans formation, parlant à peine français, ce qui ne résoudra en rien nos difficultés économiques. Ou bien nous importons spécifiquement des hommes et des femmes ayant les compétences que nous recherchons, et, pour ma part, je trouve scandaleux d'attirer des ingénieurs et des médecins marocains, nigériens, sénégalais ou turcs, en les arrachant à leur pays qui en a bien besoin. L'immigration n'est en aucun cas une solution aux problèmes de la France.

– Où est-elle alors, la solution ?

– Il faut la trouver à l'intérieur du pays. Cela suppose que l'on maintienne en activité les gens dont nous avons besoin et que, effectivement, on revalorise le travail, et notamment les métiers qui souffrent d'un déficit de la demande. C'est très sympathique de préserver un bon statut aux intermittents du spectacle. Mais quand on voit la foule qui se presse au moindre casting et le peu de réponses aux offres d'emplois sur les chantiers, on se dit qu'il serait plus judicieux de réserver le statut des intermittents aux gens du bâtiment plutôt qu'à ceux du spectacle.

Retraites à la carte

– Comment les autres pays ont-ils fait pour inciter les seniors à continuer de travailler ?

– La Finlande, la Suède, le Danemark, la Norvège ont mené une politique active pour l'emploi des seniors. Ils ont notamment créé des conditions qui rendent intéressant le cumul d'une retraite et d'un emploi : travailler plus longtemps permet d'améliorer considérablement sa retraite. Ces pays-là ont également réaménagé les carrières. Au-delà d'un certain âge, un professeur, par exemple, peut former les jeunes enseignants. On peut aussi instaurer une formation professionnelle permanente qui permet une actualisation des connaissances. Et qu'on ne nous raconte pas qu'au-delà de 50 ans on est tellement borné qu'on ne peut plus apprendre de nouvelles techniques ! Il faut également que les partenaires sociaux dans les entreprises s'attellent à la réorganisation du travail... Remarquez que l'emploi des seniors est devenu une priorité gouvernementale. C'est nouveau. Les premières discussions patronat-syndicats révèlent une fois de plus toute l'ankylose de notre société. Notre réglementation du travail étant, disons, très précise, il est impossible de procéder par simples incitations. Il faut prévoir des modifications réglementaires. Malheureusement nous n'avons pas l'art de la négociation de la sociale-démocratie.

– De quelle manière faut-il procéder ?

– Il ne s'agit pas de décréter que, dorénavant, tout le monde travaillera jusqu'à 70 ans, et que la retraite tombera alors comme un couperet. Dans certains métiers, il est nécessaire de s'arrêter à 55 ans. D'autres permettent de poursuivre bien plus longtemps. On peut imaginer des phases de décélération lente de l'activité. Le travail entre 55 ans et 70 ans reste à inventer. Cette vie peut être riche d'expériences sans n'être consacrée qu'aux loisirs, tout en comportant une part de travail et pas seulement d'activité. Il faut autoriser différentes formules, envisager des retraites progressives, des retraites à la carte, des retraites partielles… Les entreprises pourraient accepter des seniors à temps réduit, et à salaire réduit, en leur permettant de combiner cet emploi avec la retraite. Il ne faut pas être doctrinaire en la matière. Et, pour commencer, supprimer cette aberration : le salaire à l'ancienneté qui fait qu'on gagne le plus d'argent quand on en a le moins besoin, et qu'on est cher alors même qu'on devient vulnérable. Malheureusement en France toute innovation sociale passe par la réglementation préalable.

– Le principe, c'est la souplesse. Ne plus concevoir l'idée d'un travail à plein régime, suivi d'un arrêt brutal.

– Je rêve de voir des taxis qui ne travaillent qu'aux heures de pointe, et des fonctionnaires qui viennent en renfort pendant certaines heures dans les administrations pour que tous les guichets restent ouverts. Si, passé 60 ans, on vous permet de travailler dans des conditions qui vous conviennent, que vous pouvez mener à votre rythme, et qui améliorent votre retraite, pourquoi pas ? Si on veut bien y réfléchir, il existe toutes sortes de solutions pour aménager les carrières, à condition que les salariés s'y retrouvent et bénéficient de gains de complément pour ajouter aux indemnités qui seront en forte réduction, et que les employeurs soient eux aussi enclins à puiser dans le réservoir de main-d'œuvre des 60-70 ans. Il faut faciliter les choses, mais pas les décréter. Il n'y a pas de recettes toutes faites. Ne refaisons pas, après la bêtise de la retraite à 60 ans, celle de la retraite pour tous à 70 ans !

Heureux en travaillant

– Le préalable à tout cela, on l'a compris, est de nature psychologique : il faut réévaluer l'idée du travail. Comment faire ?

– C'est effectivement un préalable. Si on restaure la valeur du travail, on retrouve le dynamisme, le chômage diminue, on enclenche la machine, et tout le reste suit… Repensons donc le travail pour qu'il ne soit plus considéré comme une malédiction, pour que l'on puisse être heureux en travaillant. Avec le progrès, on peut parfaitement être productif tout en n'effectuant pas de tâches stupides et en ne se tuant pas au boulot. C'est cela, le défi. Il faut avoir le courage de le répéter sur tous les tons : le travail est une fonction de l'existence comme d'autres. Nous pensions nous en libérer avant 60 ans. Tant mieux pour ceux qui en ont profité, mais leurs successeurs ne le pourront pas. Que faire ? Instaurer le travail forcé des sexagénaires ? Allons-nous devenir des anorexiques du labeur, sur le point de vomir sitôt qu'ils doivent partir au boulot ? L'oisiveté n'est pas la mère de tous les bonheurs ! Faire un choix des nécessités, c'est le début de la sagesse.

– Encore faut-il convaincre…

– Je suis conscient que le discours seul est insuffisant pour inverser la vapeur. Mais les faits vont nous exploser à la figure. La réalité sera révolutionnaire, comme disait Lénine. Dans quelques années, on ne pourra plus vivre uniquement avec sa retraite. Alors, ou bien les générations se feront la guerre, avec un pouvoir gris qui s'efforcera de pressurer les actifs pour maintenir *mordicus* ses droits et se faire verser son tribut, ou bien on admettra que les seniors doivent continuer à travailler, dans des conditions décentes. Le sursaut viendra de la nécessité, pas de la conviction. Il aura lieu quand le système actuel aura atteint ses limites.

– En somme, on ne réagira qu'après avoir pris une paire de claques, c'est cela ?

– Comme pour la voiture : il a fallu 15 000 morts sur les routes pour qu'on se mette à réglementer la vitesse. Tout ce que disent Joël et Jean-Louis est vrai sur le plan individuel. Mais nous devons maintenant les adapter à la collectivité pour pouvoir en profiter. Comme la voiture, la longévité est un outil fantastique de libération mais, à partir du moment où tout le monde en dispose, il faut absolument trouver le mode d'emploi pour que la satisfaction des uns ne devienne pas la contrainte des autres. Et puis, il y a une logique dans cette histoire : la population active diminue, donc il faut l'augmenter. On ne peut pas le faire par l'immigration, donc il faut le faire avec la main-d'œuvre disponible en France même, c'est-à-dire réinventer le travail, donc changer les conditions de travail, donc réconcilier l'homme et son travail...

– En somme, c'est une affaire de bon sens.

– Je le reconnais, tout cela est compliqué à faire admettre. Il faut que l'on comprenne que ce n'est pas un scandale d'affirmer que des sexagénaires doivent travailler puisque c'est une évidente nécessité. C'est au contraire une anomalie qu'ils ne travaillent pas. Une fois ces idées remises en place, on pourra reconstruire. Pourquoi nous avoir fichu dans la tête que, si on travaille dans ces années-là, on n'en profitera pas ? C'est faux. Certes, je suis pour ma part conscient d'être privilégié puisque je fais un métier qui me passionne. Mais je crois vraiment que la plupart des professions pourraient ne pas être incompatibles avec le bonheur si nous savions les aménager.

– Nous allons vivre plus longtemps, en forme, vif d'esprit, et... en travaillant !

– À nous d'être assez intelligents pour que l'on puisse mener cette vie en plus sans être totalement à la charge de nos enfants, en étant heureux. C'est un défi que nous lance le progrès : débrouillez-vous avec ce supplément que je vous offre, faites-en un ferment de bonheur pour vous et pour la société, et pas une source d'antagonisme. Il n'y a pas d'impossibilité à être heureux en travaillant, doucement, pour aller vers une retraite paisible. Je suis convaincu qu'il n'est pas si difficile de trouver le bon usage de la longévité. La vie en plus est un beau cadeau. À nous, maintenant, de savoir l'utiliser et en jouir.

Épilogue

– ***Dominique Simonnet** : Avant de conclure notre conversation, il faut rappeler que les points de vue évoqués dans ce livre sont ceux d'hommes privilégiés, vivants dans une société qui, si elle est en train de s'engager dans une crise majeure, n'en est pas moins l'une des plus prospères de cette petite planète.*

– **Joël de Rosnay** : Nous n'avons pas la prétention de proposer un modèle applicable à tous. Nous n'avons fait ici que décrire les grandes tendances, scientifiques, psychologiques, économiques et sociales auxquelles nous allons être soumis, de manière à ce qu'elles soient prises en compte par les gouvernants et les individus, et notamment par les jeunes. Car, répétons-le, c'est dès le plus jeune âge que nous constituons notre capital longévité par l'alimentation, l'exercice, l'hygiène de vie, l'estime de soi, la relation aux autres…

– **Jean-Louis Servan-Schreiber** : L'essentiel est de susciter une prise de conscience chez les individus. Même si on n'arrive pas à changer les politiques, chacun peut au moins agir personnellement. Certes, la longévité n'est pas vécue de la même manière par les hommes et par les femmes, et cette différence s'accentue avec l'âge puisque les femmes vivent seules plus longtemps. Mais les deux sexes sont également concernés par la crise de notre société qui est en train de se révéler.

– **François de Closets :** Nous ne sommes pas représentatifs des sexagénaires, et c'est précisément ce qui légitime ce livre ! Nous sommes tous les trois gâtés par les hasards de l'existence, nous bénéficions d'un bon patrimoine génétique, nous nous portons bien, du moins jusqu'à présent, nous menons une carrière passionnante... Mais nous ne cédons pas à l'autosatisfaction, bien au contraire : nous proclamons ici que ce bonheur que nous découvrons en arrivant dans la soixantaine (et, en ce qui me concerne, dans les 70 ans), devrait être accessible aux autres. Pourquoi cette chance que nous avons ne serait-elle pas partagée ? Nous pouvons agir sur l'une de ces causes : le manque d'informations. Prenez le cas de l'obésité : aux États-Unis, ce sont les pauvres qui en souffrent le plus parce qu'ils ne sont tout simplement pas assez avertis de ce que devrait être une bonne alimentation. De la même manière, nombre de personnes ne profitent pas de leur « vie en plus », car ils ne savent pas comment la conduire. Il suffirait de peu pour combler ce manque : contrairement à l'argent, l'information qui permet de se maintenir en bonne santé est à la portée de tout le monde.

– **J.d.R.** : Si la longévité se démocratise, les tensions qui commencent à fissurer notre société n'en seront que plus fortes. En tant que scientifique, je prévois que les nouvelles découvertes déboucheront sur des applications dont la mise en œuvre sera de plus en plus probable. Les chercheurs ne vont pas s'arrêter de travailler sur ce sujet. Bien au contraire : il se présente comme un des grands enjeux de la biologie du XXIe siècle. La longévité deviendra donc une donnée incontournable pour l'humanité. C'est pourquoi il est grand temps, me semble-t-il, d'ouvrir en France, et bien sûr dans toute l'Europe, un vaste débat public largement médiatisé, sur ses enjeux économiques, politiques et sociaux.

La mort choisie

– ***D.S.*** *: Nous sommes d'accord sur le constat : la longévité va s'imposer, nous vivrons plus longtemps et en meilleure santé. Mais, au-delà de la crise que cette démocratisation va susciter dans notre société, on peut se demander si cette course à l'allongement de la vie est vraiment souhaitable pour l'individu. Jusqu'où repousser la limite de l'issue fatale ?*

– **J.d.R :** Vouloir vivre longtemps et y être prêt pourrait s'inscrire comme un nouveau droit de l'homme. Mais la longévité renvoie inévitablement à la question de sa propre mort. À un certain moment, on aura le désir d'arrêter. Qui décidera ? Qui le fera ? Aura-t-on recours à des organismes spécialisés ? Jusqu'où acceptera-t-on l'euthanasie ?

– **F.d.C.** : De même que la science et la médecine permettent de prolonger le troisième âge, en offrant des années de pleine vie, elles peuvent prolonger le quatrième, mais cette fois par une surconsommation médicale effrénée. Allons-nous pressurer les jeunes couples actifs pour qu'ils entretiennent les voyages de papa mais aussi le coma interminable de grands-pères ou d'arrière-grands-pères ? Aujourd'hui, on met trois mois, voire un an à mourir. Demain, on s'éteindra pendant trois ans, organe après organe. Comme le dit la récente loi sur le laisser-mourir, qui est une vraie révolution médicale, c'est à l'individu de dire : « Stop ! Je ne veux plus qu'on me prolonge ! » Cette décision ne peut qu'avoir été longuement mûrie. Elle ne doit pas être prise sur le tard, dans un état d'épuisement et de délabrement, dans les brouillards d'une conscience qui se défait. C'est parce que l'on a construit sa vie en pleine lucidité de cet aboutissement inévitable que l'on peut avoir la détermination d'arrêter. Mais il y a deux décisions très différentes : « Je ne veux plus qu'on me prolonge » en est une, qui commence à être acceptée. « Je décide d'arrêter » en est une autre.

– **J.-L.S.-S** : Ce qui pose une question philosophique fondamentale et nouvelle : celle du suicide raisonnable, comme un ultime destin. Qu'est-ce qui nous scandalise dans la mort de quelqu'un ? C'est qu'il meurt à contre-propos. La disparition d'un être jeune est toujours bouleversante ; on accepte plus facilement celle d'un vieux très diminué, que l'on ressent comme un aboutissement normal. Mais nous voilà maintenant face à ce nouveau dilemme : je suis encore en bonne santé et lucide, mais je préfère m'arrêter avant que cela devienne pénible pour moi et pour les autres. Ce stoïcisme-là est très éloigné non seulement de la mentalité actuelle, mais aussi de l'instinct profond de chacun. La réponse ne peut qu'être individuelle.

La fin de la vieillesse

*– **D.S.** : Nous l'avons dit au tout début du livre : excepté quelques illuminés, personne ne croit sérieusement à l'immortalité, et nous acceptons tous, bon gré mal gré, l'idée qu'il nous faudra un jour disparaître. Mais ne sommes-nous pas en train de cultiver une autre utopie : la fin de la vieillesse ? Car nous refusons désormais la sénescence, nous rêvons d'un sérum de jouvence qui nous offrirait une jeunesse, non pas éternelle, mais prolongée jusqu'à la fin. On mourra, certes, mais jeune, et, j'oserais dire, en bonne santé.*

– **J.d.R.** : Des spécialistes du vieillissement parlent de « morbidité compactée », de « vieillissement retardé » ou même de

« vieillissement suspendu ». On peut imaginer que, bientôt, 90 % des gens seront vivants à 90 ans (on obtiendra statistiquement ce que les démographes appellent des « courbes carrées » de vieillissement de la population). Puis, au cours d'une période relativement brève, ils mourront assez rapidement et dans des conditions peu coûteuses pour la société. Actuellement, les plus de 60 ans occasionnent près de la moitié de l'ensemble des dépenses de santé dont une majeure partie est affectée aux trois dernières années de la vie. Le défi est de prolonger non pas tant la vieillesse que la jeunesse, de faire en sorte que les personnes âgées puissent apporter de la valeur ajoutée à la société. Ils ont l'expérience, la compétence, la sagesse, la capacité de situer les événements dans leur contexte, de relier notre réalité à l'Histoire. Au lieu de les exclure du monde actif comme on le fait aujourd'hui, il faudrait au contraire les intégrer. On ne peut pas inventer et créer le futur si on le coupe de ses racines.

– **F.d.C.** : Il est probable que les progrès extraordinaires de la science nous feront survivre par organes artificiels et assistances de toutes sortes pendant des mois et des années. Inconsciemment, nous avons instauré non seulement le droit, mais le devoir de consommation médicale : nous devons nous soigner, nous faire opérer, nous entretenir. Dans cet esprit, nous exigerons que la médecine nous prolonge. Respecter le droit de chacun de se laisser mourir suppose donc une véritable révolution culturelle. Cela dit, on constate que les séjours en réanimation diminuent à mesure que l'on découvre la possibilité d'y prolonger davantage les personnes dans le coma. On se rend compte que cela n'a aucun sens et qu'il vaut mieux les débrancher.

– **J.d.R.** : Il est donc important de décider où on investit… Dans un article intitulé « Une nation d'hypocondriaques vieillissants », Jean de Kervasdoué, ancien directeur des Hôpitaux au ministère de la Santé, le disait : investir en amont dans l'éducation, apprendre aux gens à adopter un mode de vie équilibré, grâce notamment aux conseils et à l'exemple des parents, surtout des femmes ayant reçu une solide éducation, bref prendre en compte ce que nous avons appelé ici « la bionomie », c'est aussi important que de dépenser des milliards d'euros en soins pour des médicaments en fin de vie !

– **J.-L.S.-S. :** Mais il faut commencer au sein de la famille et à l'école, dès l'enseignement primaire, en proposant aux enfants des notions telles que la gestion de son corps, l'image de soi et le regard sur les autres, la nécessité de communiquer, un ensemble de règles simples et peu coûteuses qui permettent d'améliorer facilement son mode de vie. Une bonne alimentation saine ne coûte pas plus cher qu'une mauvaise : la salade n'est pas hors de prix, le poulet non plus. Quant à l'exercice, il est gratuit pour tout le monde. Plus on se maintient en bon état, moins on consommera de médicaments. C'est en adoptant des réflexes quotidiens, des comportements, des habitudes, que l'on apprend à bien vivre et donc à bien vieillir. On peut espérer former des individus capables de penser leur vie, et donc de penser leur mort.

– **J.d.R. :** Il s'agit en effet, nous l'avons répété dans ce livre, de gérer sa vie dans la durée. Aujourd'hui, personne « n'a le temps ». Personne ne « possède » le temps. Mais on peut s'en donner, on peut aussi se constituer un capital temps, le « placer » pour en retirer des revenus temporels plutôt que de tout juxtaposer à la suite, de manière chronologique mais désordonnée. Cela revient à se fixer des priorités, à privilégier des périodes, des activités qui ont de la valeur pour nous. Nous devrions considérer notre vie comme une œuvre à réaliser. Un tableau de maître dans un musée nous parle : quand nous le regardons, nous communiquons avec l'artiste par-delà les siècles, nous en devenons le co-créateur, car c'est sur ce même original, aujourd'hui devant nous, que le peintre a travaillé. Nous n'avons qu'une vie. Le défi suprême, « l'art suprême », serait d'arriver, quel que soit notre niveau d'éducation et d'influence, à en faire, nous aussi, une œuvre unique et originale. Une grande et belle création personnelle.

La dictature des vieux

– **D.S.** : *Nous allons donc vers une société de plus en plus âgée, chargée d'expériences et d'histoires. Mais nous n'en mesurons pas encore toutes les conséquences sur nos modes de vie. Prenez le couple, par exemple : on voit mal par exemple deux individus vivre ensemble pendant 80 ans, sachant que, déjà, les divorces sont nombreux. Il est probable que les familles seront multiformes, éclatées, décomposées, recomposées, que les liens de parenté seront embrouillés. La longévité va assurément changer notre manière de vivre et d'aimer. On peut aussi craindre qu'une fracture sociale ne s'établisse entre vieux riches, qui paieront très cher le prix de leur longévité, et vieux pauvres qui n'auront pas les moyens de repousser la vieillesse aussi loin, et même un conflit entre générations (les plus de 60 ans seront bientôt en France plus nombreux que les moins de 20 ans). Après le terrorisme du jeunisme qui sévit aujourd'hui, on risque de voir l'avènement d'une dictature des seniors.*

– **J.d.R.** : On peut en effet redouter, dans les pays industrialisés, une fracture entre des vieux riches et puissants qui résistent au changement et s'arc-boutent sur leur capital et leurs intérêts, des vieux « classiques » maintenus en état de « vieillissement suspendu » par les prothèses médicales, et des jeunes écrasés par le poids des charges, qui verront leur influence diminuer… Nous connaîtrons alors une « pénurie de décès », comme le prédit un auteur américain un peu provocateur[30], conduisant à une population de gens de plus en plus vieux, de plus en plus riches parce qu'ils auront investi leur argent très tôt et qui détiendront longtemps le pouvoir. Certains pays en développement, qui n'ont pas devant eux cette barrière du vieillissement, émergeront peut-être et deviendront les innovateurs et les créateurs de la société de demain.

– **F.d.C.** : Parmi les bombes que nous laissons s'accumuler, il y a celle de l'argent, générée par les 25-58 ans mais dépensée par les 0-25 ans et les 58-100 ans… Mais il y en a une autre, destructrice : celle du pouvoir. Le pouvoir politique appartient aux gens qui ont du temps, c'est pourquoi il est actuellement entre les mains des fonctionnaires. Demain, il sera accaparé par la classe des retraités, qui n'a rien d'autre à faire et qui va pressurer la classe active. Il est donc nécessaire de remettre tout cela à plat, de reconsidérer les mesures prises en 1945, époque où les équilibres démographiques étaient autres, et de tout reconstruire en regardant la réalité du troisième millénaire.

– **J.d.R** : Cependant, je crois que notre pays possède une forme de sensibilité intuitive de toutes ces grandes questions qui s'exprime par un mal-être existentiel. Les symptômes sont nombreux : la grande consommation de tranquillisants et d'alcool, celle des drogues chez les jeunes, la conduite automobile agressive, l'obsession des animaux de compagnie... Cela se traduit déjà par des crises aiguës à l'entrée, au milieu et à la sortie de la vie active : celle de l'éducation, celle de la sécurité sociale et de la santé avec des prélèvements de plus en plus importants et des remboursements de plus en plus faibles, celle des retraites et de la vieillesse. Il faut en ajouter une quatrième : la crise du futur, l'inadéquation croissante entre la vie d'aujourd'hui et la nécessaire planification d'un avenir perçu comme inquiétant et qui parfois, sur le plan scientifique et technique, fait peur à beaucoup. La « bombe Longévité », dont nous parlons dans ce livre, serait peut-être l'un des aspects ou l'un des révélateurs de ce grand malaise existentiel.

La crise nécessaire

– F.d.C. : Je voudrais ajouter le symptôme électoral : depuis trente ans, la seule manière de gagner une élection en France est de ne pas être au pouvoir, ou alors d'être un président en situation de cohabitation. Personne n'est reconduit sur son bilan d'exercice. Il est vrai que l'absence d'alternance serait aussi une source de malaise. Mais ce rejet systématique entraîne une incertitude pathétique.

– J.-L.S.-S. : Dans les cinquante dernières années, après l'entrée en vigueur de l'État-providence, il s'est produit une inversion des valeurs. Auparavant, il y avait le parti de la conservation et le parti du mouvement (qui était toujours la gauche). Cela s'est totalement retourné : au début du XXIe siècle, c'est désormais la gauche qui défend les valeurs de conservation (le maintien de la situation envers et contre tout, la défense des droits acquis) et qui attaque ce qu'on appelle le « libéralisme », c'est-à-dire, en gros, l'initiative personnelle, la liberté individuelle, la mise en compétition de chacun pour déterminer son destin et assumer ses responsabilités. Il serait dramatique que la jeunesse soit acquise d'emblée aux valeurs de la conservation, qu'elle veuille entrer dans la vie active en ayant pour objectif de prendre sa retraite à 55 ans. Cette inversion des valeurs perturbe les esprits, d'autant qu'elle s'ajoute au ralentissement économique quasi endémique de nos pays avancés. Nous ne savons plus sur quels ressorts rebondir (nous n'avons pas les ressources technologiques, ni les ressources naturelles, ni les générations nouvelles). Dernière nouveauté, l'irréversible montée en puissance de la concurrence asiatique met profondément en cause nos équilibres économiques. Donc, inévitablement, il y aura une crise majeure. Et pour le moment, nous n'en voyons pas l'issue. Nous ne fournissons pas de solutions dans ce livre, nous disons simplement que nous atteignons le seuil de l'intolérable.

– **F.d.C.** : Nous allons dans le mur, et tant mieux ! Car tout cela a aussi des aspects très positifs. Sur le plan économique, nous avons beaucoup de chances : la population active diminue, et le nombre de travailleurs qualifiés aussi : la prolongation de l'activité au-delà de 60 ans ne devrait donc pas être une charge pour l'économie. C'est au contraire une nécessité. Deuxième chance : tout a été fait pour que, des plus jeunes aux plus vieux, on considère le travail comme un fardeau mortifère. Eh bien, la crise économique va nous forcer à revoir cette idée absurde, et nous éviter de sombrer dans un gouffre moral insondable. Car, l'homme ne peut se construire en dehors de son travail. Si nous nous remettons au boulot, l'économie nous dira : « Ça tombe bien, j'ai justement besoin de vous ! » En ce sens, la crise nous sera bénéfique.

Du bon sens !

*– **D.S.** : Il est important de dire et de répéter que, même s'il y a actuellement un antagonisme grave entre les aspirations individuelles et les réalités de la société, il n'y a pas incompatibilité.*

Avec un peu de bon sens et d'intelligence, on peut les réconcilier. En un mot, une société de longévité heureuse est possible. À nous de l'inventer.

– **J.d.R. :** On peut penser, comme le suggère le sociologue Patrick Viveret[31], qu'il existe dans l'humanité des ressorts invisibles de survie et de développement, fondés sur des valeurs implicites, que les grandes religions ont d'ailleurs propagées : « Construis-toi par rapport aux autres, donne plutôt que de prendre, pense à l'après. » La nécessité de prendre davantage son destin en main, d'apprendre à bien vivre, à bien vieillir et à bien mourir, rejoint ces principes. Il faut donc en effet chercher à concilier les deux : profiter individuellement de ce que la vie nous donne, cultiver l'initiative personnelle (avec ce que cela suppose de pouvoir, de conquête, mais aussi d'innovation) et en même temps accepter une redistribution généreuse et altruiste des savoirs et des biens pour que l'ensemble de l'humanité puisse en bénéficier et évoluer. C'est bien notre société tout entière et notre avenir que nous remettons en cause en nous interrogeant sur la longévité et la mort. Nous avons maintenant l'occasion de reconstruire une société où on vivra plus longtemps et peut-être, si nous le voulons, en meilleure harmonie les uns avec les autres. C'est un beau défi, non ?

– **J.-L.S.-S. :** Nous pourrions être tentés de lancer la balle dans le camp des grands décideurs et des gouvernants et de leur dire : « La société ne peut pas continuer comme cela, il faut que vous interveniez. » Mais on sait que, dans l'Histoire, les vraies transformations de la société ne sont que les résultantes des changements individuels : ceux-ci s'accumulent et finissent par imposer une nouvelle vision. C'est ce qui s'est passé avec la paix en Europe au cours des dernières décennies : s'il n'y a pas eu de guerres, ce n'est pas seulement parce qu'on a créé une institution européenne mais parce que les citoyens de tous les pays ont adopté les valeurs du refus de la violence, au point que celles-ci nous paraissent comme allant de soi (ce qui a abouti également à la suppression de la peine de mort, mesure qui n'est pas considérée comme naturelle dans d'autres pays). Le seul moyen de maîtriser les contradictions que nous évoquons dans ce livre, entre l'envie individuelle de longévité et les conséquences sur la collectivité, c'est en effet la formation des esprits, l'éveil d'une prise de conscience de chacun. Cela mettra du temps, une ou deux générations, peut-être… Mais nous n'avons pas d'autres choix.

– **F.d.C. :** Je veux aussi considérer les choses sous un angle positif. Bien souvent, les crises arrivent à sec : un tsunami, une guerre… C'est un « moins » pour tous, et il faut repartir de zéro. Cette fois, nous avons une chance inouïe : c'est une crise qui naît du « plus », un troisième âge qui vient s'intercaler entre maturité et vieillesse. Une aubaine, pour autant que nous sachions en profiter. Ce « plus » nous oblige à être intelligent. Il y a deux réalités sans lesquelles on ne peut construire une société : le travail et la mort. Actuellement, notre société n'a plus de réponse ni sur l'une ni sur l'autre. Entre la carotte et le bâton, entre cette vie en plus et la menace d'explosion, nous allons être obligés, non pas d'attendre une révolution culturelle, mais simplement de retrouver du bon sens. 1. Nous sommes mortels. 2. Nous devons travailler. À nous de construire une société qui intègre cette double réalité. En fait, la philosophie de ce livre est simple : il faut compter sur vous pour vous en sortir ; mais vous ne vous en sortirez pas tout seul. Je ne veux pas croire que nous n'arriverons pas à relever ce défi. Alors, nous l'aurons bien mérité, notre vie en plus !

ANNEXES

Pour en savoir plus...

Jean-Michel Charpin, Catherine Zaidman et Jean-Marc Aubert, *L'Avenir de nos retraites. Rapport au Premier ministre*, dirigé par Jean-Michel Charpin, avec la collaboration de Catherine Zaidman, Jean-Marc Aubert, Lucile Olier, Paul Pelé, La Documentation française, 1999.

Régis Debray, *Le Plan vermeil. Modeste proposition*, Gallimard, 2004.

Michel Godet, *Le Choc de 2006. Pour une société de projets*, Odile Jacob, 2004.

Serge Guérin, *Le Boom des seniors*, Economica, 2000.

Jean-Claude Henrard, *Les Défis du vieillissement*, La Découverte, 2002.

Robert Rochefort, *La Retraite à 70 ans ?*, Belin, 2004.

Claude Vimont, *Le Nouveau Troisième Âge*, Economica, 2001.

Notes

1. Leonard Hayflick et Paul Moorehead de l'Université de Californie à San Francisco, « The serial cultivation of human diploid cell strains », *Exp. Cell Res.*, décembre 1961, 25, p. 585-621.

2. Grâce notamment aux travaux de Calvin Harley de la McMaster University, puis d'Elizabeth Blackburn, de l'Université de Californie à San Francisco, prix Nobel de médecine 2004.

3. Thèse proposée par Denham Harman de l'Université du Nebraska à la fin des années 1950, « Ageing : a theory based on free radical and radiation chemistry », *J. Gerontol.*, 1956, 2, p. 298-300.

4. Recherches de Bruce N. Ames, Université de Berkeley, Californie.

5. G.B. West, J.H. Brown et B.J. Enquist, « The fourth dimension of life : fractal geometry and allometric scaling of organisms », *Science*, 1999, 284, p. 1677-1679.

6. Bruce N. Ames *et al.*, « Acetyl-L-carnitine fed to old rats partially restores mitochondrial function and ambulatory activity », *PNAS* (*Proceedings of the National Academy of Sciences US*), 4 août 1998, vol. 95, n° 16, p. 9562-9566.

7. Selon la théorie de Jean-Claude Ameisen. Voir *La Sculpture du vivant. Le suicide cellulaire ou la mort créatrice*, Seuil, 1999, et « Points Sciences », 2003.

8. C. Kenyon, J. Chang, E. Gensch, A. Rudner, R. Tabtiang, « A *C. Elegans* mutant that lives twice as long as wild type », *Nature*, 1993, 366, p. 461.

9. Voir les travaux de Clive McCay de l'Université Cornell.

10. Leonard Guarente du MIT (Massachusetts Institute of Technology) et David Sinclair de la Harvard Medical School, « Genetic pathways that regulate ageing in model organisms », *Nature*, 2000, 408, p. 255.

11. Il s'agit chez la levure du gène appelé SIR-2 (*silent information regulator*) et chez l'homme du gène SIRT-1. Le gène SIR-2 conduit à la fabrication d'une protéine capable d'agir sur « l'emballage » de l'ADN pour activer ou désactiver d'autres gènes grâce à une réaction biochimique appelée « déacétylation ».

12. David Sinclair *et al.* de la Harvard Medical School, « Sirtuin activators mimic caloric restriction and delay ageing in metazoans », *Nature*, 5 août 2004, 430, p. 686-689.

13. Aleksandra Trifunovic *et al.*, « Premature ageing in mice expressing defective mitochondrial DNA polymerase », *Nature*, 27 mai 2004, 429, p. 417-423.

14. Richard T. Lifton *et al.* de l'Université de Yale, « A cluster of metabolic defects caused by mutation in a mitochondrial RNA », *Science*, 12 novembre 2004, 306 (5699), p. 1190-1194.

15. Dans le cadre de la campagne « Detox » du WWF (World Wildlife Fund).

16. « L'Appel de Paris » sous l'impulsion du Pr Dominique Belpomme, expert cancérologue auprès de la Commission européenne, et de Nicolas Hulot.

17. Aubrey de Grey, « Escape velocity : why the prospect of extreme human life extension matters now », *PLOS Biology*, 15 juin 2004, 2(6).

18. Jean de Kervasdoué, Henri Picheral, Jean-Marc Macé, *Santé et Territoires. Carnet de santé de la France 2004*, Dunod, 2004.

19. En France, en trois ans, la prévalence de l'obésité chez les 35-44 ans est passée de 8,4 % à 11,6 %, et on compte 5,4 millions de personnes obèses et 14,4 millions en surpoids. Le nombre de personnes en surpoids est passé de 28,5 % en 1997 à 30,3 % en 2003.

20. Centagenetix a fusionné avec Elixir Pharmaceutical créée par Leonard Guarente et Cynthia Kenyon.

21. Eukarion a été rachetée par Proteome Systems en décembre 2004.

22. DeCode Genetics en Islande ou Roche Diagnostics en Californie.

23. Inhibiteur de l'enzyme de conversion qui transforme l'angiotensine I en angiotensine II, une des molécules à la base de l'hypertension.

24. Comme Probiox en Belgique.

25. Éric Renard, Jacques Bringer, « Insulinothérapie par pompes portables et implantables », *Sang, Thrombose, Vaisseaux*, avril 2001, vol. 13, n° 4, p. 204-212 (Hôpital Lapeyronie, 34295 Montpellier, cedex 5).

26. Les premières pilules intelligentes ont été développées par le Pr Robert Langer du MIT : Robert Langer *et al.*, « A controlled-release microchip », *Nature*, 28 janvier 1999, 397, p. 335-338 ; Robert Langer *et al.*, « Multi-pulse drug delivery from a resorbable polymeric microchip device », *Nature*, 2003, Materials 2, p. 767–772.

27. Résultat obtenu en mai 2005. Woo Suk Hwang *et al.*, « Patient-specific embryonic stem cells derived from human SCNT blastocysts », *Science*, 19 mai 2005, publié en ligne.

28. Michael Wassenegger du Max Planck Institute. M. Wassenegger, S. Heimes, L. Riedel, H.L. Sanger, « RNA-directed de novo methylation of genomic sequences in plants », *Cell.*, 11 février 1994, 76 (3), p. 567-576.

29. Sur les rats : J.K. Chapin, K.A. Moxon, R.S. Markowitz et M.A.L. Nicolelis, « Real-time control of a robot arm using simultaneously recorded neurons in the motor cortex », *Nature Neuroscience*, 1999, 2, p. 664-670. Voir aussi les travaux de Miguel Nicolelis de la Duke University sur les singes.

30. Charles C. Mann, « The coming death shortage », *The Atlantic Monthly*, mai 2005, p. 92-102.

31. Patrick Viveret, *Pourquoi ça ne va pas plus mal ?*, Fayard, 2005.

Du même auteur

Joël de Rosnay

Les Origines de la Vie
Seuil, 1966

Le Macroscope
Seuil, 1975 et « Points Essais », 1997

La Malbouffe
Comment se nourrir pour mieux vivre
(avec Stella de Rosnay)
Olivier Orban, 1979
et Seuil, 1999

Les Chemins de la vie
Seuil, 1983

Branchez-vous
(avec Stella de Rosnay)
Olivier Orban, 1984

Le Cerveau Planétaire
Olivier Orban, 1986
et Seuil, 1988

L'Aventure du vivant
Seuil, 1988

L'Avenir en direct
Fayard, 1990

Les Rendez-vous du futur
Fayard, 1991

L'Homme symbiotique
Regards sur le Troisième millénaire
Seuil, 1995

La Plus Belle Histoire du monde
(avec Hubert Reeves, Yves Coppens, Dominique Simonnet)
Seuil, 1996 et « Points », 2001

La Révolte du pronétariat
Fayard, 2006

2020, les scénarios du futur
Comprendre le monde qui vient
Des idées & des hommes, 2007

Jean-Louis Servan-Schreiber

Le Pouvoir d'informer
Robert Laffont, 1972

L'Entreprise à visage humain
Robert Laffont, 1973

À mi-vie
Stock, 1977

Questionnaire pour demain
Ramsay, 1977

L'Art du temps
Fayard, 1983

Le Retour du courage
Fayard, 1986

Le Métier de patron
Fayard, 1990

Le Nouvel Art du temps
Albin Michel, 2000

Vivre content
Albin Michel, 2002

François de Closets

En danger de progrès
Denoël, 1970

Le Bonheur en plus
Denoël, 1974

La France et ses mensonges
Denoël, 1977

Scénarios du futur (2 tomes)
Denoël, 1978, 1979

Toujours plus !
Grasset, 1982

Tant et Plus
Grasset-Seuil, 1992

Le Compte à rebours
Fayard, 1998

Ne dites pas à Dieu ce qu'il doit faire
Seuil, 2004 et « Points Sciences », 2006

Plus encore !
Fayard, 2006

Le Divorce français
Le peuple contre les élites
(en collaboration avec Sophie de Closets)
Fayard, 2008

Dominique Simonnet

Qu'est-ce que l'écologie ?
Hatier, 1979

L'Écologisme
PUF, « Que sais-je ? »,
1979, 1982, 1991, 1994

Vivent les bébés !
Seuil, 1986 et « Points Actuels », 1991

Bébé, mode d'emploi
Seuil, 2000

L'amour expliqué à nos enfants
(avec Nicole Bacharan)
Seuil, 2000

La Plus Belle Histoire du monde
(avec Hubert Reeves, Joël de Rosnay et Yves Coppens)
Seuil, 1996 et « Points », 2001

La Plus Belle Histoire de l'homme
(avec André Langaney, Jean Clottes et Jean Guilaine)
Seuil, 1996 et « Points », 2001

La Plus Belle Histoire de l'amour
Seuil, 2003

Le Livre de Némo
Seuil, 1998

Némo en Amérique
Seuil, 2001

Némo en Égypte
Seuil 2002

Némo dans les étoiles
Seuil, 2004

Le Petit Livre des couleurs
(avec Michel Pastoureau)
Éd. du Panama, 2005
Seuil, « Points Histoire » n° 377, 2007

La femme qui danse
(avec Marie-Claude Pietragalla)
Seuil, 2008

RÉALISATION : CURSIVES À PARIS
IMPRESSION : NORMANDIE ROTO S.A.S. À LONRAI
DÉPÔT LÉGAL : FÉVRIER 2007. N° 91746-3 (08-3142)
IMPRIMÉ EN FRANCE

Collection Points

SÉRIE ESSAIS

345. Le Destin des immigrés, *par Emmanuel Todd*
346. La Psychologie sociale, *par Gustave-Nicolas Fischer*
347. La Métaphore vive, *par Paul Ricœur*
348. Les Trois Monothéismes, *par Daniel Sibony*
349. Éloge du quotidien. Essai sur la peinture hollandaise du XVIIIe siècle, *par Tzvetan Todorov*
350. Le Temps du désir. Essai sur le corps et la parole *par Denis Vasse*
351. La Recherche de la langue parfaite dans la culture européenne *par Umberto Eco*
352. Esquisses pyrrhoniennes, *par Pierre Pellegrin*
353. De l'ontologie, *par Jeremy Bentham*
354. Théorie de la justice, *par John Rawls*
355. De la naissance des dieux à la naissance du Christ *par Eugen Drewermann*
356. L'Impérialisme, *par Hannah Arendt*
357. Entre-Deux, *par Daniel Sibony*
358. Paul Ricœur, *par Olivier Mongin*
359. La Nouvelle Question sociale, *par Pierre Rosanvallon*
360. Sur l'antisémitisme, *par Hannah Arendt*
361. La Crise de l'intelligence, *par Michel Crozier*
362. L'Urbanisme face aux villes anciennes *par Gustavo Giovannoni*
363. Le Pardon, *collectif dirigé par Olivier Abel*
364. La Tolérance, *collectif dirigé par Claude Sahel*
365. Introduction à la sociologie politique *par Jean Baudouin*
366. Séminaire, livre I : les écrits techniques de Freud *par Jacques Lacan*
367. Identité et Différence, *par John Locke*
368. Sur la nature ou sur l'étant, la langue de l'être ? *par Parménide*
369. Les Carrefours du labyrinthe, I, *par Cornelius Castoriadis*
370. Les Règles de l'art, *par Pierre Bourdieu*
371. La Pragmatique aujourd'hui, une nouvelle science de la communication *par Anne Reboul et Jacques Moeschler*

372. La Poétique de Dostoïevski, *par Mikhaïl Bakhtine*
373. L'Amérique latine, *par Alain Rouquié*
374. La Fidélité, *collectif dirigé par Cécile Wajsbrot*
375. Le Courage, *collectif dirigé par Pierre Michel Klein*
376. Le Nouvel Age des inégalités
par Jean-Paul Fitoussi et Pierre Rosanvallon
377. Du texte à l'action, essais d'herméneutique II
par Paul Ricœur
378. Madame du Deffand et son monde
par Benedetta Craveri
379. Rompre les charmes, *par Serge Leclaire*
380. Éthique, *par Spinoza*
381. Introduction à une politique de l'homme,
par Edgar Morin
382. Lectures 1. Autour du politique
par Paul Ricœur
383. L'Institution imaginaire de la société
par Cornelius Castoriadis
384. Essai d'autocritique et autres préfaces, *par Nietzsche*
385. Le Capitalisme utopique, *par Pierre Rosanvallon*
386. Mimologiques, *par Gérard Genette*
387. La Jouissance de l'hystérique, *par Lucien Israël*
388. L'Histoire d'Homère à Augustin
préfaces et textes d'historiens antiques
réunis et commentés par François Hartog
389. Études sur le romantisme, *par Jean-Pierre Richard*
390. Le Respect, *collectif dirigé par Catherine Audard*
391. La Justice, *collectif dirigé par William Baranès*
et Marie-Anne Frison Roche
392. L'Ombilic et la Voix, *par Denis Vasse*
393. La Théorie comme fiction, *par Maud Mannoni*
394. Don Quichotte ou le roman d'un Juif masqué
par Ruth Reichelberg
395. Le Grain de la voix, *par Roland Barthes*
396. Critique et Vérité, *par Roland Barthes*
397. Nouveau Dictionnaire encyclopédique
des sciences du langage
par Oswald Ducrot et Jean-Marie Schaeffer
398. Encore, *par Jacques Lacan*
399. Domaines de l'homme, *par Cornelius Castoriadis*
400. La Force d'attraction, *par J.-B. Pontalis*

401. Lectures 2, *par Paul Ricœur*
402. Des différentes méthodes du traduire
par Friedrich D.E.Schleiermacher
403. Histoire de la philosophie au XXe siècle
par Christian Delacampagne
404. L'Harmonie des langues, *par Leibniz*
405. Esquisse d'une théorie de la pratique
par Pierre Bourdieu
406. Le XVIIe siècle des moralistes, *par Bérengère Parmentier*
407. Littérature et Engagement, de Pascal à Sartre
par Benoît Denis
408. Marx, une critique de la philosophie, *par Isabelle Garo*
409. Amour et Désespoir, *par Michel Terestchenko*
410. Les Pratiques de gestion des ressources humaines
par François Pichault et Jean Mizet
411. Précis de sémiotique générale, *par Jean-Marie Klinkenberg*
412. Écrits sur le personnalisme, *par Emmanuel Mounier*
413. Refaire la Renaissance, *par Emmanuel Mounier*
414. Droit constitutionnel, 2. Les démocraties
par Olivier Duhamel
415. Droit humanitaire, *par Mario Bettati*
416. La Violence et la Paix, *par Pierre Hassner*
417. Descartes, *par John Cottingham*
418. Kant, *par Ralph Walker*
419. Marx, *par Terry Eagleton*
420. Socrate, *par Anthony Gottlieb*
421. Platon, *par Bernard Williams*
422. Nietzsche, *par Ronald Hayman*
423. Les Cheveux du baron de Münchhausen
par Paul Watzlawick
424. Husserl et l'Énigme du monde, *par Emmanuel Housset*
425. Sur le caractère national des langues
par Wilhelm von Humboldt
426. La Cour pénale internationale, *par William Bourdon*
427. Justice et Démocratie, *par John Rawls*
428. Perversions, *par Daniel Sibony*
429. La Passion d'être un autre, *par Pierre Legendre*
430. Entre mythe et politique, *par Jean-Pierre Vernant*
431. Entre dire et faire, *par Daniel Sibony*
432. Heidegger. Introduction à une lecture, *par Christian Dubois*
433. Essai de poétique médiévale, *par Paul Zumthor*

434. Les Romanciers du réel, *par Jacques Dubois*
435. Locke, *par Michael Ayers*
436. Voltaire, *par John Gray*
437. Wittgenstein, *par P.M.S. Hacker*
438. Hegel, *par Raymond Plant*
439. Hume, *par Anthony Quinton*
440. Spinoza, *par Roger Scruton*
441. Le Monde morcelé, *par Cornelius Castoriadis*
442. Le Totalitarisme, *par Enzo Traverso*
443. Le Séminaire Livre II, *par Jacques Lacan*
444. Le Racisme, une haine identitaire, *par Daniel Sibony*
445. Qu'est-ce que la politique ?, *par Hannah Arendt*
447. Foi et Savoir, *par Jacques Derrida*
448. Anthropologie de la communication, *par Yves Winkin*
449. Questions de littérature générale, *par Emmanuel Fraisse et Bernard Mouralis*
450. Les Théories du pacte social, *par Jean Terrel*
451. Machiavel, *par Quentin Skinner*
452. Si tu m'aimes, ne m'aime pas, *par Mony Elkaïm*
453. C'est pour cela qu'on aime les libellules *par Marc-Alain Ouaknin*
454. Le Démon de la théorie, *par Antoine Compagnon*
455. L'Économie contre la société *par Bernard Perret, Guy Roustang*
456. Entretiens de Francis Ponge avec Philippe Sollers par Philippe Sollers - Francis Ponge
457. Théorie de la littérature, par Tzvetan Todorov
458. Gens de la Tamise, par Christine Jordis
459. Essais sur le Politique, par Claude Lefort
460. Événements III, *par Daniel Sibony*
461. Langage et Pouvoir symbolique, *par Pierre Bourdieu*
462. Le Théâtre romantique, *par Florence Naugrette*
463. Introduction à l'anthropologie structurale, *par Robert Deliège*
464. L'Intermédiaire, *par Philippe Sollers*
465. L'Espace vide, *par Peter Brook*
466. Étude sur Descartes, *par Jean-Marie Beyssade*
467. Poétique de l'ironie, *par Pierre Schoentjes*
468. Histoire et Vérité, *par Paul Ricoeur*
469. Une charte pour l'Europe *Introduite et commentée par Guy Braibant*
470. La Métaphore baroque, d'Aristote à Tesauro, *par Yves Hersant*

471. Kant, *par Ralph Walker*
472. Sade mon prochain, *par Pierre Klossowski*
473. Seuils, *par Gérard Genette*
474. Freud, *par Octave Mannoni*
475. Système sceptique et autres systèmes, *par David Hume*
476. L'Existence du mal, *par Alain Cugno*
477. Le Bal des célibataires, *par Pierre Bourdieu*
478. L'Héritage refusé, *par Patrick Champagne*
479. L'Enfant porté, *par Aldo Naouri*
480. L'Ange et le Cachalot, *par Simon Leys*
481. L'Aventure des manuscrits de la mer Morte *par Hershel Shanks (dir.)*
482. Cultures et Mondialisation *par Philippe d'Iribarne (dir.)*
483. La Domination masculine, *par Pierre Bourdieu*
484. Les Catégories, *par Aristote*
485. Pierre Bourdieu et la théorie du monde social *par Louis Pinto*
486. Poésie et Renaissance, *par François Rigolot*
487. L'Existence de Dieu, *par Emanuela Scribano*
488. Histoire de la pensée chinoise, *par Anne Cheng*
489. Contre les professeurs, *par Sextus Empiricus*
490. La Construction sociale du corps, *par Christine Detrez*
491. Aristote, le philosophe et les savoirs *par Michel Crubellier et Pierre Pellegrin*
492. Écrits sur le théâtre, *par Roland Barthes*
493. La Propension des choses, *par François Jullien*
494. La Mémoire, l'Histoire, l'Oubli, *par Paul Ricœur*
495. Un anthropologue sur Mars, *par Oliver Sacks*
496. Avec Shakespeare, *par Daniel Sibony*
497. Pouvoirs politiques en France, *par Olivier Duhamel*
498. Les Purifications, *par Empédocle*
499. Panorama des thérapies familiales *collectif sous la direction de Mony Elkaïm*
500. Juger, *par Hannah Arendt*
501. La Vie commune, *par Tzvetan Todorov*
502. La Peur du vide, *par Olivier Mongin*
503. La Mobilisation infinie, *par Peter Sloterdijk*
504. La Faiblesse de croire, *par Michel de Certeau*
505. Le Rêve, la Transe et la Folie, *par Roger Bastide*
506. Penser la Bible, *par Paul Ricoeur et André LaCocque*

507. Méditations pascaliennes, *par Pierre Bourdieu*
508. La Méthode
5. L' humanité de l' humanité, *par Edgar Morin*
509. Élégie érotique romaine, *par Paul Veyne*
510. Sur l'interaction, *par Paul Watzlawick*
511. Fiction et Diction, *par Gérard Genette*
512. La Fabrique de la langue, *par Lise Gauvin*
513. Il était une fois l'ethnographie, *par Germaine Tillion*
514. Éloge de l'individu, *par Tzvetan Todorov*
515. Violences politiques, *par Philippe Braud*
516. Le Culte du néant, *par Roger-Pol Droit*
517. Pour un catastrophisme éclairé, *par Jean-Pierre Dupuy*
518. Pour entrer dans le XXIe siècle, *par Edgar Morin*
519. Points de suspension, *par Peter Brook*
520. Les Écrivains voyageurs au XXe siècle, *par Gérard Cogez*
521. L'Islam mondialisé, *par Olivier Roy*
522. La Mort opportune, *par Jacques Pohier*
523. Une tragédie française, *par Tzvetan Todorov*
524. La Part du Père, *par Geneviève Delaisi de Parseval*
525. L'ennemi américain, *par Philippe Roger*
526. Les pousse-au-jouir du Maréchal Pétain, *par Gérard Miller*
527. L'Oubli de l'Inde, *par Roger-Pol Droit*
528. La Maladie de l'Islam, *par Abdelwahab Meddeb*
529. Le Nu impossible, *par François Jullien*
530. Schumann. La Tombée du jour, *par Michel Schneider*
531. Le Corps et sa danse, *par Daniel Sibony*
532. Mange ta soupe et… tais-toi !, *par Michel Ghazal*
533. Jésus après Jésus, *par Gérard Mordillat et Jérôme Prieur*
534. Introduction à la pensée complexe, *par Edgar Morin*
535. Peter Brook. Vers un théâtre premier
par Georges Banu
536. L'Empire des signes, *par Roland Barthes*
537. L'Étranger ou L'Union dans la différence
par Michel de Certeau
538. L'Idéologie et l'Utopie, *par Paul Ricœur*
539. En guise de contribution à la grammaire
et à l'étymologie du mot « être », *par Martin Heidegger*
540. Devoirs et délices, *par Tzvetan Todorov*
541. Lectures 3, *par Paul Ricœur*
542. La Damnation d'Edgar P. Jacobs
par Benoît Mouchart et François Rivière
543. Nom de dieu, *par Daniel Sibony*

544. Les Poètes de la modernité. De Baudelaire à Apollinaire, *par Jean-Pierre Bertrand et Pascal Durand*
545. Souffle-Esprit, *par François Cheng*
546. La Terreur et l'Empire, *par Pierre Hassner*
547. Amours plurielles. Doctrines médiévales du rapport amoureux de Bernard de Clairvaux à Bocace *par Ruedi Imbach et Inigo Atucha*
548. Fous comme des sages *par Roger-Pol Droit et Jean-Philippe de Tonnac*
549. Souffrance en France, *par Christophe Dejours*
550. Petit Traité des grandes vertus, *par André Comte-Sponville*
551. Du mal/Du négatif, *par François Jullien*
552. La Force de conviction, *par Jean-Claude Guillebaud*
553. La Pensée de Karl Marx, *par Jean-Yves Calvez*
554. Géopolitique d'Israël, *par Frédérique Encel François Thual*
555. La Méthode 6, *par Edgar Morin*
556. Hypnose mode d'emploi, *par Gérard Miller*
557. L'Humanité perdue, *par Alain Finkielkraut*
558. Une saison chez Lacan, *par Pierre Rey*
559. Les Seigneurs du crime, *par Jean Ziegler*
560. Les Nouveaux Maîtres du monde *par Jean Ziegler*
561. L'Univers, les Dieux, les Hommes *par Jean-Pierre Vernant*
562. Métaphysique des sexes, *par Sylviane Agacinski*
563. L'Utérus artificiel, *par Henri Atlan*
564. Un enfant chez le psychanalyste, *par Patrick Avrane*
565. La Montée de l'insignifiance, Les Carrefours du labyrinthe IV *par Cornelius Castoriadis*
566. L'Atlantide, *par Pierre Vidal-Naquet*
567. Une vie en plus, *par Joël de Rosnay, Jean-Louis Servan-Schreiber, François de Closets, Dominique Simonnet*
568. Le Goût de l'avenir, *par Jean-Claude Guillebaud*
569. La Misère du monde, *par Pierre Bourdieu*
570. Éthique à l'usage de mon fils, *par Fernando Savater*
571. Lorsque l'enfant paraît t. 1, *par Françoise Dolto*
572. Lorsque l'enfant paraît t. 2, *par Françoise Dolto*
573. Lorsque l'enfant paraît t. 3, *par Françoise Dolto*
574. Le Pays de la littérature, *par Pierre Lepape*
575. Nous ne sommes pas seuls au monde, *par Tobie Nathan*

576. Anthologie, *par Paul Ricœur*
édition établie par Michael Foessel et Fabien Lamouche
577. Cantatrix Sopranica L. et autres écrits scientifiques
par Georges Perec
578. Philosopher à Bagdad au Xe siècle, *par Al Farabi*
579. Mémoires. 1. La brisure et l'attente (1930-1955)
par Pierre Vidal-Naquet
580. Mémoires. 2. Le trouble et la lumière (1955-1998)
par Pierre Vidal-Naquet
581. Discours du récit, *par Gérard Genette*
582. Le Peuple « psy », *par Daniel Sibony*
583. Ricœur 1, *par L'Herne*
584. Ricœur 2, *par L'Herne*
585. La Condition urbaine, *par Olivier Mongin*
586. Le Savoir-déporté, *par Anne-Lise Stern*
587. Quand les parents se séparent, *par Françoise Dolto*
588. La Tyrannie du plaisir, *par Jean-Claude Guillebaud*
589. La Refondation du monde, *par Jean-Claude Guillebaud*
590. Anthologie de la Bible, *par Philippe Sellier*
591. Quand la ville se défait, *par Jacques Donzelot*
592. La Dissociété, *par Jacques Généreux*
593. Philosophie du jugement politique, *par Vincent Descombes*
594. Vers une écologie de l'esprit 2, *par Gregory Bateson*
595. L'Anti livre noir de la psychanalyse
par Jacques-Alain Miller
596. Chemins de sable, *par Chantal Thomas*
597. Anciens, Modernes, Sauvages, *par François Hartog*
598. La Contre-Démocratie, *par Pierre Rosanvallon*
599. Stupidity, *par Avital Ronell*
600. Fait et à faire. Les Carrefours du labyrinthe V
par Cornelius Castoriadis
601. Au dos de nos images, *par Luc Dardenne*
602. Une place pour le père, *par Aldo Naouri*
603. Pour une naissance sans violence, *par Frédéric Leboyer*
604. L'Adieu au siècle, *par Michel del Castillo*
605. La Nouvelle Question scolaire, *par Éric Maurin*
606. L'Étrangeté française, *par Philippe D'Iribarne*
607. La République mondiale des lettres
par Pascale Casanova
608. Le Rose et le Noir, *par Frédéric Martel*
609. Amour et justice, *par Paul Ricœur*
610. Jésus contre Jésus, *par Gérard Mordillat et Jérôme Prieur*